문학과지성 시인선 219

벌거벗은 자의 生을 위한 주머니 속의 詩作 메모

배신호 시집

문학과지성 시인선 219
벌거벗은 자의 生을 위한 주머니 속의 詩作 메모

펴낸날 / 1998년 9월 23일

지은이 / 배신호
펴낸이 / 김병익
펴낸곳 / ㈜문학과지성사
등록번호 / 제10-918호(1993. 12. 16)

서울 마포구 서교동 363-12호 무원빌딩(121-210)
편집 : 338)7224~5 · 7266~7 FAX 323)4180
영업 : 338)7222~3 · 7245 FAX 338)7221

ⓒ 배신호, 1998. Printed in Seoul, Korea
ISBN 89-320-1015-3

값 5,000원

문학과지성 시인선 219

벌거벗은 자의 生을 위한 주머니 속의 詩作 메모

배신호

1998

시인의 말

시는 늘 고통스럽고 늘 피로하다
그리고 외롭다
그외엔 견딜 만하다

언제나 빗나감을 용서하시는 아버지 어
머니의 은혜를 말로 다하지 못하며 이 작
은 기쁨을 드립니다.
그리고 시를 처음 보아준 김성장兄에게
도 고마움을 전합니다

1998년 9월
배　신　호

벌거벗은 자의 生을 위한 주머니 속의 詩作 메모

차 례

▨ 시인의 말

벌거벗은 자의 生을 위한
주머니 속의 詩作 메모

나는
이 작품의 인물은 아무도 생존하고 있는 사람과 동일
하지 않다 그들 모두가 나에 의해 만들어진 허구의 인물
이다
혹은
이 책의 등장인물이나 줄거리는 자유로이 창작된 것
이다
현존 인물이나 고인과의 유사성이 있다면 일체 우연
이다

                                                                    의,

일체의 허구와 일체의 우연의 그들 속의
나를 보았다

나는
그들의 눈으로 보았고
그들의 귀로 들었고
그들의 생각을 통하여
그들의 입으로 말을 하였다

나는 과거 없이 창조되었고

그들에 의해 나는 성년의 남자로 태어났다
나는 알지 못했다
나의 과거가 어떠했는지 또 얼마나 나의 과거가 길었
는지
나는 알지 못했다

나는 나에 대해 아무것도 말해주지도 않는, 단지 몇
개의 관념의 뿌리에 사로잡혀 언제나 안전하게 제자리
로 되돌아오는 그 근원은 모호한 안개로 보호받으며 마
법의 손 잡힐 듯한 그림자로 세계를 가두고 나를 사슬로
묶어 사로잡아 나에게 힘을 발휘하는 큰 칼의 그들의 말
을 갖고 놀며 온몸을 베는 피흘림의 고통을 조합하곤 하
였는데 나는 그들의 어떠한 규칙과 질서도 무시한 채 놀
이에 열중하게 되었고 그들은 그들의 규칙과 질서의 무
너짐으로 혼란과 현기증을 느꼈고 그들은 그들의 우연
과 허구 속의 나에게서 그 고통의 즐거움을 빼앗아버렸
다

나는 그들의 현기증을 응시했다 그것은 그들의 어두
운 그늘 그들의 부서진 빛의 반사라는 것을 그들의 깨어

진 거울의 틈이라는 것을 알았다

　하지만 나는 그 금지된 나의 놀이는 내게 남아 나를 사로잡는 죄의 탯줄이 되리라는 것을 나를 짓누르는 사디슴의 행복의 죄의 흔적 굴러내리는 영혼의 돌이 되리라는 것을 세계를 여는 한 말은 다른 한 말을 집어삼키고 점차 큰 덩어리가 되어 나를함몰시키고무기질의덩어리로만들어나를해체시켜공동의텅빈문장의조합으로만들어버리리라는 것을

　나의 반항 이후 내게도 그들의 현기증이 찾아옴을, 숨은 벽 모퉁이 뚫고 들어오는 그들의 우연과 허구의 그 그림자를 나는 본다

　그것은 내가 듣고 바라보는 생각하는 모든 것에서 모순된 소용돌이 속으로 빠져드는 내 자신을 본 것이다 나는 의식을 잃지 않으려고 마지막으로 내게 남아 있는 의식의 바늘 끝으로 찌르고 의식의 끈으로 나를 묶고 거기에 매달렸다 밑도 끝도 알 수 없는 허공에 어둠은 거세게 몰아치고 안개 끝에 닿을 때마다 온몸 저미는 고통과 허물어져내리는 슬픔이 찾아왔다 또한 그 고통과 슬픔은 나의 가물거리는 의식을 일깨워 의식의 끈을 잡고 오

르게 하였다 나는 드디어 의식의 표면에 떠오르는 데 성공했고 나는 표류하는 실제와 현실의 토막들을 한데 묶어나가기 시작했다

그것은 서로 모순에 찬 덩어리들로서 내게는 이해할 수 없고 알 수 없는 그것들은 주머니 속의 칼 끝과 같아서 나를 베고 찌르는 것이었으나 하여튼 나는 표류하는 실제와 현실의 토막들을 의식의 끈으로 묶어나가지 않을 수 없었고 그 토막들은 모래로 쌓는 성과 같은 밀고 올라가는 바위와 같아서 계속 허물어지고 굴러내려 성을 쌓는 밀고 올라가는 자가 압사되거나 살기 위하여 온 힘으로 버티는 절망적 상황의 죽음인 것이다

나는 끊임없이 파도에 씻겨 떠내려가는 모래의 모순에 찬 존재의 덩어리로 현실을 쌓아올렸고 부조리와 불합리의 바윗돌을 밀고 올라갔다 하지만 나는 차츰 발 밑으로부터 점차 위로 나의 존재 전체가 의미 없는 무의미 속으로 부서져나가는 허물어져나가 텅 빈 안개의 대기 속으로 사라져나가는 버리는 나를 본다

그러나 가장 나쁜 사실은 그러한 절망적 상황의 죽음이 신의 부재를 증명하는 것이었고 생에 대한 모순에 찬 불안과 그 부재가 나의 내부에서 폭발했다는 것이다 그

것은 나의 존재 이유를 어디에서든 무엇에서든 찾아 그
것에 매달려야만 한다는 강박의 공포 찬 광기로 찾아왔
다

　그리하여
　나는 나의 과거를 구성하는 작업에 몰두했다
　온갖 허구와 일체의 우연을 뛰어넘을——그때는
　모든 것이 하늘색이거나 땅색, 공기색 물색이었을——
과거를……

　나는—— 하늘색이거나 땅색, 공기색 물색이었을——
나의 과거로 떠났다
　　　　—— 시간은
　　　　죽은 자의 무덤을 밟고 서서 말한다
　　　　결코 실현될 수 없었던 현실을
　　　　이루어질 수 없는 꿈으로 말한다——
　나는
　　　　　나의
　　　덫에　　　　사로잡힌
　　　　　　　　　　현실을

과대 포장으로 감싸 묶고
　　　광기로　　　　　　꿈
　　　　인해　　　　으로 보냈다　　　현실의
굴절된 욕망을 시대의 종교로 산에 올랐다──그때
나는 그녀를 보았다

1

나는 그녀를 보았다

그녀는 그것을 체념하여 받아들였다 그녀를 포함한 그들은 그들 자신을 社會라 불렀고 그날 그들은 혈맹의 서약을 나누었다 그녀는 그들의 의식에 어떤 중요한 역할이 맡겨져 있었다

그녀는 그들을 신뢰하였고 그들의 잔인성마저 굳게 믿었다 그들은 그녀의 피난처였고 그녀의 보호자들이었으므로 그들의 우두머리가 그녀에게 옷을 벗어라 명령하였을 때 그녀는 아무 두려움 없이 옷을 벗었다 그들은 계속 마셔댔으며 광란의 춤을 추었고 우두머리의 명령은 그녀에게 계속되었다

그녀는 두 다리를 벌리고 누웠다 그녀는 두려웠다 그녀는 이것이, 그녀의 역할이 무엇을 뜻하는지 이제 알았다⋯⋯⋯⋯⋯⋯⋯⋯⋯⋯⋯⋯⋯⋯⋯⋯⋯⋯

··········그러나 그녀는 명령에 복종하였다 그 다음 그녀는 비명을 질렀고 그녀에게서 선혈이 분출하였다 그들은 정신없이 미쳐 날뛰었으며 짐승의 소리를 지르며 거품이 이는 싸구려 포도주를 우두머리의 머리에다 쏟아부었으며 그녀의 벌거벗은 몸뚱이에 그들의 벌거벗은 살에다 쏟아부으며 피의 맹세를 계속 외치며 하늘에 계신 아버지의 이름으로 배반자의 복수와 저주를 부르짖으며 우두머리가 그녀에게서 떨어져나오자 다음 사람이 계속하였고 그 다음 사람이 그 다음 사람이 그 다음 사람이   계속하였다··········

2

그리하여 그녀는 어찌 되었나?: 우리들 중의 한 사람인 그녀도 어쩔 수 없었을 것이다 사회 전체 질서는 지

켜져야 할 것이고 법칙은 파괴되어서는 안 될 것이고 진리는 절대 불변이어야 할 것이다

(그때 들려오는 하나의 목소리: 불과나무는여기있거니와번제할어린양은어디있나이까?)

그리하여 그녀는 어찌 되었나?: 우리들 중의 한 사람인 그녀는 사랑의 순종으로 이름도 가지지 못했을 것이고 이름조차 없었을 형상으로 빚어졌다가 사디즘의 손길로 으깨버릴 진흙의 장미였을 것이다

(그때 다시 들려오는 하나의 목소리: 아들아!네가여기있지않느냐?)

그리하여 그녀는 어찌 되었나?: 우리들 중의 한 사람인 그녀는 자신조차 어쩔 수 없었던 그녀의 운명은 강탈되고 수탈되어 비틀리고 쥐어짜여 어느 쪽으로도 바라볼 수 없었을 것이고 무의 심연인 현재에 묶인 채 다른 선택의 여지도 없었을 것이고 절망과 공포로 곧장 죽음의 강가에 다다랐을 것이고 그 죽음의 강에 몸을 던졌을 것이고 자궁의 문을 닫고 죽음의 강 밑바닥을 방황하며 떠돌 것이다

(그때 다시 들려오는 하나의 목소리: 아비가비수를뽑
아들고아들을찌르려할때양한마리가나타나아비와아들
은그양으로번제를올린후신의축복을받고집으로돌아왔
다그러나그이후아들은믿음을잃어버렸다)

3

그리하여

나는 일체의 우연과 일체의 허구의 나의 현재를 떠났
다

그날도 나는 장터에서 모여든 사람들 머리 위로 줄을
타고 있었다 나는 줄 타는 줄광대였고 나는 줄 위에서
모여든 사람들 머리 위에서 한없는 자유로움을 느꼈으
나 동시에 나의 주위에서 파동하는 공기를 호흡하며 공
기 속에 온몸이 잠기며 사지 끝까지 피가 돌아 굽이치는
현존에 대한 거센 소용돌이의 힘은 줄 위에서 뛰어내려
지상에 귀속하고자 갈망했다

그 힘은 나를 사막 한가운데로 내던졌고 나는 사막에
내던져져 홀로 서 있음을 깨달았다 태양은 내리쬐고 나
는 타는 갈증으로 물을 찾고자 샘을 팠으나 모래는 계속

흘러내리는 것이었고 나는 바위 부서짐 속에 모래 속에
묻혀가는 나를 보는 것이다

　나는 줄 위에서 내가 나인 것을 안다
　그러나 나는 동시에 그런 내가 아니기를 나에게 바랐
던 것이다 나의 아버지 역시 줄광대였고 나 또한 줄광대
를 벗어날 수 없다는 것을 나의 아들 역시 또한 이 줄이
아들의 몸을 묶는 죄의 밧줄이 되고 탯줄이 되어 아들의
목을 죄는 죽음의 끈이 되리라는 것을 이 줄 위에서 나
의 아들 또한 내가 자유를 느꼈듯이 자유를 느끼리라는
것을 그리고 나와 같이 지상에 귀속되고자 하는 거센 소
용돌이의 힘으로 사막에 내던져질 것이고 샘을 팔 것이
라는 것을 계속 흘러내리는 모래 속에 바위 부서짐 속에
바로 자신을 볼 것이라는 것을
　그리고 지상에 어떻게 발을 딛고 섰을 때 줄 위의 자
유를 그리워하게 되리라는 것을 안다 해도 그것이 줄광
대의 어찌할 수 없는 굴레에 찬 운명이고 증오의 저주이
고 죽음이 나의 아버지를 굴레에서 벗어나게 하였듯이
나의 아들 또한 죽음으로 줄광대의 굴레에서 벗어나게
되리라는 것을

매번 줄 위의 허공으로 발을 딛고 오를 때마다 발 밑
의 공허로 현기증은 치밀어오르고 발을 헛디뎌 비틀댄
다 그럴 때마다 사람들은 나의 현기증을 재주로 믿고 안
도 탄성을 올렸고 내가 다시 가까스로 균형을 잡을 때
손바닥을 마주치며 내가 줄에서 떨어져 공허 속에 개나
돼지처럼 죽어가는 것을 보지 못한 안타까움으로 광기
찬 소리를 지르곤 한다

  나는 그때 그녀를 보았다

  내가 줄 위에서 발을 헛디뎌 비틀댈 때 나는 그녀를
보았고 그녀의 장옷으로 숨긴 얼굴을 그것을 뚫고 그녀
의 얼굴을 피의 이끌림을 나는 줄 위에서 줄곧 그녀에게
서 눈을 떼지 못했고 나는 그녀에게 다가갈 수가 없다
  그녀와 나 사이에는 눈에 보이지 않는 거대한 벽이 가
로놓여 있고 나는 그 벽을 뛰어넘을 수도 부숴버릴 수도
없다는 것을 그 벽이 견고하면 견고할수록 나의 마음에
타오르는 불꽃은 더욱 거세게 타오르고 나의 체념으로
나를 억누르면 누를수록 더욱 거세게 되튕겨오르는 나

를 잡을 수는 없다는 것을

　나는 달도 없는 칠흑의 어둠을 타고 넘어 잠든 그녀의
모습을 본다 시간은 무참히 나를 내동댕이친 채 흘러가
고 나는 어찌할 바를 모르고 두 손을 쥐어짜며 그녀를
바라만 보고 있다
　새벽 횟대에 달은 오르고 나는 그녀를 어떻게 하자는
것인지 내가 여기 왜 와 있는 것인지를 나에게 묻지만
나는 대답할 수가 없다 시간은 더욱 빠르게 소용돌이치
고 나는 내게 대답해야만 한다
　그냥 이대로 주저앉자 타는 불에 몸을 던질 것인지 아
니면 나는 그 불로 나의 줄을 끊고 태워버릴 것인지──
불을 놓은 것도 나였고 그 불에 몸을 던진 것도 나였다
──하지만 그 불은 이미 어떤 다른 것에 연결되어 나의
의지를 꺾고 오직 나에 의해 행동 그 자체가 의미를 갖
게 되리라는 것을
　그것은 나의 팔과 다리가 어떤 알 수 없는 힘에 묶여
나의 명령을 거부하나 그것은 오직 나에 의해서 현실 속
에 그 동작이 의미를 띠게 되는 기형의 팔과 다리의 괴
물이었던 것이다──결국 나는 그 괴물의 도움으로 그녀

와 함께 담을 넘었다

나를 놓아줘!
아씨! 나는 아씨를 놓아드릴 수 없어요
나는 네가 누군지 알아 바로 장터에서 줄을 타던 줄광
대지
그래요 나는 줄광대지요 나는 사람도 아닌 줄광대고
아씨는
사람이라는 것을 알아요
그것을 안다고?
그래요 아씨가 나를 사람 아닌 개돼지로 생각해도 좋
아요
나는 개돼지보다 못한 취급을 받았으니 나는 개돼지
예요

그녀도 이제 돌아갈 수 없다는 것을 돌이킬 수 없다는
것을
그녀의 힘으로 어떻게 하지 못하리라는 것을………
그녀는 체념했다
그렇다, 그녀는 이미 돌아갈 수 없는 몸이 된 것이다

나와 그녀를 가로막았던 그 거대한 벽 그녀의 보호막
이었던

그 벽이 그녀를 이제 거부하고 돌아갈 수 없게 만들어
버렸고 나는 처음으로 그 벽에 감사해했다 나의 사랑은
순수했고 밤낮으로 죽음의 빛깔을 띤 나의 사랑으로 그
녀를 지켰고 그녀도 차츰 나의 사랑에 익숙해져갔다

나는 나의 아들은 줄광대가 되지는 않을 것이라고 나
의 아버지에게 말한다

4

나는 노래했다

그녀를 노래했다
일체가
하늘색이거나 땅색,
공기색 물색의 나의 노래를

나의 노래는
땅을 갈고 씨를 뿌리며 솟아나는 파란 힘을

비 젖은 흙의 부드러움으로 품은
노랗고 빨간 진자줏빛의 해를
달빛 여름 기거나 날거나 뛰는 온갖 숨찬 소리들의
개울을 흘러내리는 노래를

나의 노래는

그녀 손끝의 여울에서 퍼져
큰 바다와 큰 땅을 가르고 마지막 휴식을 취하는
한숨의 미풍으로
눈 내리는 방안 부엌 아궁이 싸리나무 불씨가 되고
세상 덮는 나지막한 지붕의 꿈의 발자국을 따라
하나하나 이어져 다른 하나를 이어주는 북실이 되고
거듭 이어져 피 돌고 숨쉬는 뼈의 옷을 짓고
우주 교접의 합창으로
은밀의 말이 되어 기억의 광역을 메아리친다

그러나 일체의 꿈은 없고 나는 그녀를 쫓아 숨이 턱에
치받는다 그녀는 나에게서 달아나며 깊은 숲 벌거벗은
우리는 둘이었고 하나였다

그녀는 거짓으로 달아나며 낙원의 열매를 웃음으로 던지고 열매는 나의 머리에 이마에 부딪혀 산산이 부서져 붉은 즙으로 나의 눈을 광태로 가리고 솟아난 절벽 하늘 무너진 자리로 떨어져 나는 잠에서 깨고 꿈에서 깨니 그녀는 죽었다

5

그녀는죽었다
나의노래는시작되자끝이났고그녀는죽음으로나의노래를들었다
나의노래는
그녀를지켜주지못했고그녀는
죽음의유혹을
그열매의그사악한뱀의유혹을
이기지못했고
고통속에서죽어갔다

6

나 또한 죽어간다
나는 그녀 곁에 누워 먹고 마시지도 잠자지도 않았다

그녀의 아름다움은 썩어 모습이 변했고 나는 그녀를
더 이상 바라볼 수 없어 그녀 곁을 떠났다

그녀가 떠났고 나를 묻어버린 꿈의 허구의 독으로 살
찌운 삶의 무덤을

내게서 떠나지 않는다 그녀는나를사랑했는가? 그녀
는 줄 그어진 저쪽 나는 이쪽에 서 있었고 우리는 서로
출발이 달랐고 가진 게 틀렸다 그녀는나를사랑했는가?
나는 현실을 꿈으로 시작했고 그 현실의 대가는 나의 살
을 떠내는 존재의 고통으로 끝이 났다 그녀는나를사랑
했는가? 그녀는 체념으로 나의 사랑을 받아들인 것인
가?

나는 고통의 피말림에 있었고 답할 수 있는 그녀는 없
고 허물어져가는 의식의 고문으로 그녀를 불태우고 그
내음으로 의식의 안개를 걸으며 기억의 사막을 떠돌 때
나는 그들을 만났다

그들의 투박하고 마디 굵은 손에는 서투르게 창과 칼
이 낫이 들려 있었고 그것들을 어떻게 하자는 것인지 그

들 자신도 알 수 없었다 거친 손의 창과 칼과 낫은 그들
자신이 움켜쥔 것은 아니었다 그들은 창과 칼과 낫의 날
로 달군 잔칫상에 올라 흥을 더하는 포락의 춤추는 그림
자로 죽임을 당한 자들 그 죽음마저도 빼앗기고 절망의
누더기를 걸친 자들 주름 깊은 뼈로 새긴 노예의 문신으
로 그들의 얼굴은 같았고 또한 달랐다 그들은 혼자였고
또한 눈동자의 슬픔은 같았다

　나는 싸웠다
　그들의 적은 나의 적이 되었고 나는 그들이 되어 줄광
대로서 운명지어준 나의 아버지와 아버지의 아버지를
향해 나의 몫과 아들의 몫과 아들의 아들의 몫으로 내게
남아 있는 그녀의 팔과 다리와 가슴과 얼굴 목소리를 그
녀에게 준 그녀의 혈통을 향해 싸웠다

　나는우리의운명을알고있었던게아닐까?그녀는알고있
었던게아닐까?그녀의죽음을?나의사랑의종말을?그녀는
체념하고포기한게아닐까?소용없는반항에뒤돌아서서뒷
걸음친게아닐까?나는그녀의혈통에싸우지도못하고내비
겁에절망한게아닐까?나는한번의우연을바란게아닐까?

(나는 알고 있다
내가 어쩔 수 없었음을)

나는 알고 있었다
그들의 죽음과 방황하는 그들의 호곡을
그들의 사후 불려질 노래를

그러나
나는 그들에게 그들의 사후 불려질 노래를
그들의 죽음과 방황하는 호곡의 노래를
불러줄 수 없었다

7
마지막 밤은 지나고 새벽이 온다

나는 왕이 되고자 했는가?
아니다! 나는 왕이 되고자 하지 않았다
나는 무엇을 위해 싸웠는가?

나는 무엇을 위해 싸웠는가?

나는 그들을 위해 싸웠다 시대의 본성인, 시대의 본성
으로 감추어진 그들에 의해 싸웠다

어디에도 있고 어디에도 없는 그들은 가난하여 가지
지 못했고 힘이 없어 약했으며 언제나 짓밟힘을 당하는
그들은 그들의 현재를 바꾸고자 그들의 서투른 손에 창
과 칼과 낫을 들었고 그들을 딛고 선 탐학과 탐식의 무
리와 人傀의 제국을 향해 싸웠다

그들은 나의 주위로 모였고 나를 필요로 하였다 그들
은 그들의 땅에서 보호받고자 했고 또한 그들의 땅을 보
호하고자 했다

그들의 모든 것, 그들을 살게 했고 살아가고자 하는
욕망의 뿌리로서 그들을 있게 하고 그들이 있을 의미로
서 그들에게 삶에 대한 자유를 주며 그들이 볼 수도 없
고 들을 수도 없는 잡을 수도 없는 존재의, 그들의 눈에
보이기도 하며 귀로 들을 수 있고 가슴을 쓸고 지나가는
그들의 온갖 고통과 괴로움을 견디게도 하는 그들의 피
와 노래로서 그리고 죽음으로서의 땅

어둠이 오고 그 어둠 뒤에 다시 밝은 해가 떠오르리라
는 것으로서의 땅 그들의 빼앗을 수도 없고 없애버릴 수
도 없는 그들의 무의식의 희망으로서의 땅

그 땅이 바로 여기 이 순간 그들이 이 땅 위에 있어왔
다는 그리하여 내일도 다른 곳이 아닌 여기 이곳에서 살
아 숨쉴 것이라는 것을 죽어 묻힐 것이라는 것을 나타내
어주고 말하여주는 소리없는 언약의 목소리로서의 노래
이고 부름이고 외침이라는 것을

그들은 땅의 소리를 좇았고 땅의 소리를 좇아 싸웠다

그들은 풀뿌리로서 바위 땅에서건 마른 모래 땅에서
건 진흙 속에서건 참고 견디기 힘든 오늘로 내일을 살아
가는 그 위 내린 이슬로 하늘을 믿고 땅을 믿고 번개와
우레를 믿고 시대의 어둠 속에서 마음을 열고 기다리며
나누는 그들은 어디에도 있고 어디에도 없는 숨쉬는 대
기로서 시대의 호흡이고 흐르는 물결의 그 광폭한 흐름
을 견디며 변함없는 본성을 지켜가는 강바닥과도 같아
한 시대의 전체를 지탱한다

그들은 탐욕과 탐식의 욕망에 이룰 길 없는 현실을 이
룩하기 위하여 광기와 광태를 연출하는 무리들의 그림
자로 짓밟히고 자신의 허욕의 불길로 타올라 주위의 모

든 대기를 빨아들여 질식의 죽음의 나라를 질주하는 성
난 황소 무리들의 손에 빼앗긴 그들의 삶으로 傀儡의 현
실인 그 사악한 시대의 벽을 쌓는다

　그들은 죽음을 당한다
　그들은 다른 운명을 발견하지 못했고 도피할 다른 운
명을 가지지 못했다 그들은 그들의 운명의 틈바구니에
끼인 채 그들 자신이 쌓는 시대의 벽과 싸운다 그들은
미래에 그들의 행위에 대한 어떠한 가치나 의미를 부여
하기를 원하지도 않는다
　그들은 머리 너머 먼 곳을 바라보지 않으며 시간의 압
력에 그들의 하루하루는 순간적이고 그들의 삶은 찰나
적이고 시대는 그들을 기억하지도 않을 것이고 세기가
지난 뒤 시간의 박리는 그들의 그 무엇도 남기지 않을
것이다
　그들은 그들이 싸워온 시대의 수레바퀴에 짓눌리고
압사되어 시대 밖으로 세기 밖으로 튕겨나가 어둠으로
무로 그들은 사라지고 시대의 벽에 무너지은 그들의 운
명의 틈에서 그들의 고통은 영원하리라는 것
을⋯⋯⋯⋯⋯⋯

그들은 죽음 속에, 무에, 영원의 고통 속에 있음
을……………

8

　　　　　　　　　　밤은 지나고 새벽은 왔다

아　아
나는 그때 그곳에 섰다
그녀 앞에
붉은 황토에 묻힌 그녀의 무덤 앞에
북은 울리고
그저 무심한 하늘은
그때와 같다

9

第３７號

判決宣告書

時代의 律을
據役하는
者는
斬함

開國５０４年３月２９日
京城駐在日本帝國領使
內田定槌

10

이 모든 것을——그녀와 그의 죽음을 그리고 그들의
운명을——알고 있었다 한들 죽음의 존재에 대한 살아
있음을 지탱할 현재를 잃어버린 영원의 고통의 의식 속
에—— 내일에 내가 없음을 바라보는 그러나 세계는 변
함없이 여전하며 그 변함없는 세계에는 미래는 없고 절
망하는 현재뿐이라는—— 나는 떠났다

나의 과거로 떠났다

11

(내가 원했던 나는 무엇인가?)

환인은 어느 날 하늘에서 아래 땅을 내려다보자 짐승
도 아닌 사람도 아닌 족속이 어떠한 규칙과 질서도 없이
벌거벗은 채로 먹고 뛰고 잠자자 하늘의 규칙과 질서로
서 이롭게 하고자 했다 이에 庶子桓雄數意天下貪求人世
父知子意下視危太伯可以弘益人間乃授天符印三箇遣往
理之雄率徒三千降於太伯山頂神壇樹下謂之神市是謂桓

雄天王也 환웅천왕은 바람과 구름과 비를 거느리고 곡
식과 수명 질병 형벌 선악의 凡人間三百餘事主管也

(나는 내게 무엇을 원했는가?)

나는배웠다
읽고쓰고듣는일체의말을배웠고
이에벌거벗은몸이부끄러움을배웠고
나뭇잎으로
벌거벗은몸뚱어리를감추고
나는배웠다
사악을사랑의배신과배반을죽음의공포와살인의기쁨을
나는배웠다
일체의우연과일체의허구를배웠고
나는 떠났다──일체 하늘색이거나 땅색, 공기색 물
색일──
나의 미래로 떠났다

나는 나의 과거에 무엇을 요구하는가?

12

나는 낙랑왕 최리가 옥저로 순행함을 알자 그를 앞서 옥저로 떠나 우연을 가장하여 그와 마주쳤다 그는 내가 속되지 않음을 알아보고 그대의 얼굴을 보니 보통 사람이 아니오

바로 북국신왕의 아들이 아니냐고 물었다

나는 그렇다고 대답했다 그러자 그는 크게 기뻐하고 나와 함께 낙랑으로 향할 것을 권했고 나는 그를 따라 낙랑으로 갔다

그는 신흥 국가인 나의 나라를 견제할 속셈으로 그의 딸을, 공주를 나에게 주었고 나의 아버지 또한 낙랑을 정복할 마음으로 그의 제의를 기뻐하고 나의 결혼을 허락했다

그러나 그녀는 그녀의 아버지의 마음을 나의 마음을 몰랐고 나의 아버지와 나 또한 그녀를 진정으로 사랑하게 될 줄은 몰랐다

(나는 어찌해야 되나?)

나는 그녀를 사랑했다 그러나 낙랑은 정복되어야 하고 낙랑에는 적이 침범하면 스스로 우는 북과 나팔이 이어 적들은 낙랑을 침범하기를 두려워하였다 나의 나라 또한 이 북과 나팔을 두려워하였다

(나는 어찌해야 되나?)

나는 그녀를 사랑했다 그러나 나의 나라는 한의 위협으로부터 벗어나야 했고 나의 나라는 낙랑을 정복해야만 했다

(나는 어찌해야 되나?)

나는 그녀를 사랑했다 그러나 낙랑을 정복하기 위해서는 먼저 낙랑의 스스로 우는 북과 나팔을 부숴야만 했고 그녀만이 그것을 할 수 있었으나 그녀에 대한 나의 사랑으로 나는 모든 것을 잊고자 했으나 나의 아버지는 나를 벌하여 가두었고 그녀로 하여금 나에 대한 사랑으로 북을 찢고 나팔을 부수게 하였다

(나는 어찌해야 되나?)

나는 그녀를 사랑했다 또한 나의 나라를 사랑했다
그녀 또한 그녀의 나라 낙랑을 사랑했고 나를 사랑했
다

나는 그녀를 사랑했다 그녀는 사랑의 선택으로 그녀
의 나라 낙랑을 저버렸다 나의 사랑의 선택은 나의 나라
였고 그녀의 사랑을 저버렸다 그녀는 그녀의 아버지에
의해 죽음을 당했고 낙랑은 나의 나라 나의 아버지에 의
해 무너졌다

나는 무엇인가?

13
나는그녀를사랑했다나의사랑은거짓인가?
그녀의사랑은무엇인가?
그녀는나를사랑했다나는왜그녀의사랑을선택하지않았
는가?

그녀는왜그녀의나라낙랑을선택하지않았는가?
그녀는여자였고나는남자였기때문인가?
아 – 아
어느 것이
어느 것이 옳은 것인가?
누가 옳은 것인가?

14

꺼지지 않는다

아니 나는 꺼버릴 수도 벗어날 수도 없다 나는 대답할
수가 없다 나는 수천 수만의 대답을 가지고 있다 하지만
나는 그의 죽음에 사랑에 대답할 수가 없다

그녀가 부른다
나는 대답할 수가 없다 그녀의 죽음에 나는 답할 수가
없고 그녀의 사랑에 답할 수가 없다
나는 수천 수만의 답을 가지고 있다 나는 그것을 그때
그때에 따라서 하나하나의 답을 빌려왔고 그것으로 답
하였다

그것은 나의 아버지에 의해서 나의 나라에 의해서 나의 왕가 혈통에 의해서 안전과 신념과 배경을 그리고 목적을 가졌고 그 대답은 나의 이전부터 있어왔고 나에게 지금도 주어져 있고 나의 나라가 지속하는 동안 나의 나라에 질서와 규칙을 주고 그 답은 나의 나라에 영원을 부여할 것이다

하지만 나는 그녀의 죽음에 사랑에 대답할 수가 없다

그녀는 나를 찾고 부르며 외치고 울부짖는다
나는 대답할 수가 없다
그녀의 머리카락 한올 한올이
팔과 다리의 움직임 하나하나가
심장의 고동 소리가 나를 찾고
그녀의 깊고 부드러움에 가득 차고 또렷한 눈동자의
깜박임은
나를 부르며
그녀의 얼굴은 나의 기억 속에
회한의 핏속에
대기 속에 살아
그녀의 사랑이 죽음이었는지 묻지만 나는 대답할 수가

없다

15

그녀는 여전히 나에 의해 살아 있지만 이젠 그 의미를 잃어버리고 주검으로 나의 체념으로, 나는 나의 아버지와 나의 왕가 혈통에 거역할 수 없었고 나는 나의 체념의 상태에서 내가 어쩔 수 없었음을 나에게서 떠난 사건의 소용돌이와 그 텅 빈 중심에 생의 돌풍 속에 자위하는 나에 의해, 나는 나에 의해 찢기지만 나는 그것을 지켜보는 외에 달리할 수 없음을…… 나는 그녀가 그녀의 아버지에 거역하여 북을 찢고 나팔을 부수는 것을 지켜보았고 그녀가 그녀의 아버지에 의해 죽임을 당하는 것을 지켜보았다

또한 나는 그녀의 아버지가 나의 아버지에게 무릎을 꿇는 것을 지켜보았다

차마,

나의 눈은 감았으나 나의 또 다른 눈은 그녀의 붉은 피와 나의 배반의 검은 피에 잠겨 그 하나하나를 지켜보았고 나는 그때서야 비로소 깨달았다

나의 체념과 나의 비겁이 나의 운명의 힘을 강하게 하고 결국 나를 집어삼켜 나의 존재를 흔적도 없이 함몰시켜버리리라는 것을

16

나는 갈기갈기 찢어져 바람에 날리었다

나는 의식의 숲, 하늘을 덮고 찌를 기세로 솟아 쇠빛의 견고한 껍질을 두르고 몇백 년을 지켜온 숲에서 사방을 잃고 길을 잃고 의식의 안개를 걸었다

그렇게 어디로 가고자 하지도 길을 찾아들고자 하지도 않은 채 나는 걷고 또 걸었고 들려오는 사람의 말소리에 나는 鷄林이라는 곳에 이르렀음을 알았고 수풀 속에서 그를 만났고 우리는 서로 같은 인간임을 알아보았다

17

그와 나는 의식의 숲에서 길을 잃어버렸다는 것을 서로 알아보았다 우리는 묻지도 않은 채 그가 가는 곳에 내가 따랐고 내가 가는 곳에 그가 따랐다

먹을 것을 구해 서로 나누었고 서로 도와 풀을 엮고 동굴을 찾아 불을 피우고 잠잘 곳을 마련했고 그와 나는 나란히 누워 잠들었다

달 없는 어느 날 피워둔 불은 꺼지고 한 줄기 연기가 고요히 타고 오르는 어슴푸레한 동굴의 어둠에 누워 잠이 깨었다 어둠 깊은 곳에서 울려오는 한 외마디 외침에 놀라 내가 그를 찾을 때 그는 크게 숨을 들이쉬고 무언가 내려놓는 듯한 큰 숨과 함께 잠에서 깨어 나를 보았다

그는 내가 잠에서 깨어 있음을 알자 동굴 천장 깊은 곳으로 눈을 돌려 어둠을 눈 깜박임도 없이 한참을 응시한 후 갈라져 굳은 목소리로 동굴을 그 공허를 울리는 목소리로 내게 이야기하기 시작했다

죽음 그 자체는 무섭지 않지 나의 배움에는 죽음에 이르는 과정이 있었고 죽음과 한 몸을 이루도록 가르침을 받았지

나는 나의 배움으로 죽음과 한 몸을 이루었다고 생각했지

나는 나의 배움, 나의 존재의 다섯 꼭지점을 이루는

원의 완결로서 다섯 가지 큰 가르침 중 그 하나를 어겼고 결국은 나의 배움 전체를 어기게 되었던 거야 나는 살아 있으나 죽은 자로 나는 산 자에게나 죽은 자에게나 어디에도 속할 수 없게 되었고 산 자나 죽은 자 모두에게 버림을 받고 나는 숨어야만 되었지

처음 숲에서 너와 마주쳤을 때 너를 보기가 두려웠지 나는 네가 어디서 어떻게 이곳에 왔는지 모르지만 나는 너를 보곤 나를 보았던 거야

죽음 그것은 무섭지 않아! 죽음에 이르는 그 병, 그 병에 든 너에게서 나를 보았고 나는 그 병에 든 나를 보기가 두려웠던 거지

나의 아버지는 나의 우상으로서 나의 영웅이셨지 나의 아버지는 십오 세에 국선으로서 그 따르는 무리가 수천이었고 그 따르는 무리를 용화향도라 불렸지 다섯 왕을 섬기었고 삼국을 통일한 나의 아버지를 닮고자 나는 얼마나 애를 태웠는지 나는 얼마나 영웅을 꿈꾸었는지 선배 화랑들의 영웅적 죽음의 이야기에 나의 가슴은 떨리고 피란 피는 모조리 머리 끝으로 몰려 나는 숨조차 제대로 쉴 수가 없었어

그럴 때면 나는 한바탕을 칼을 들고 나의 상상의 적을
베고 찔러야 겨우 진정이 되곤 했었지 나는 겁없이 적진
에 뛰어드는 나를 얼마나 상상했는지

그런데 나는 당과 말갈과의 石門 싸움에서 내가 치켜
든 칼은 힘없이 내려왔고 적진에 뛰어들어 죽고자 하였
으나 나는 죽을 기회마저 놓친 채 살아 돌아오게 되었지

나는 싸움에서 패했고 진 자에 속했고 내가 구차히 살
아 돌아오자 나의 아버지는 나의 목을 베기를 원하셨지
이에 왕은 허락하지 않았으나 나는 살아 있으나 이미 죽
은 자로 살아 있는 게 아니지

나는 죽음의 순간에 한 순간의 망설임으로 나의 배움,
나의 존재의 다섯 꼭지점을 잇는 원의 완결은 허물어져
내렸고 나의 존재 또한 사라져버렸지

나는 나의 나라 나의 아버지 나의 어머니 모두에게 버
림을 받게 되었고 나는 죽음에 이르는 더러운 병을 갖게
되었던 거야

결국 나는 실현시킬 수 없었던 현실을 좇았고 꿈에 나
는 환영으로서 그림자로서 살았던 거지

나의 아버지는 나를 용서하지 않은 채 싸움 이듬해에

돌아가셨고 나의 어머니 또한 나의 아버지를 따라 나를
자식으로서 인정치 않으셨어

나의 아버지는 그것을 알고 계셨던 거지

일생 계속되어온 치열한 생존의 싸움에서 적이면 베
어야 했고 죽여야 한다는 것을 싸움에 진 자에게는 미래
는 없고 타인의 노예가 되어 그 운명이 어떻게 되리라는
것을 살아도 죽은 자의 삶을 알고 계셨던 거지

그래서 나의 아버지는 나의 나라가 미륵의 불국토가
되기를 염원하셨고 삼국을 통일하셨지 그것이 나의 아
버지의 미륵하생의 염원으로서의 삶이었고 존재 전체였
었던 거지

18

나는 그에게 어떤 말이든 무슨 말이든 하려 했으나 그
에게는 이미 나의 말은 필요치 않았다 설령 내가 그에게
어떤 말을 한다 해도 우리는 같은 병에 든 자로서 그 병
에 홀로, 단독자로서 맞서 있다는 것을 알고 있었고 그
것이 병에 든 자로서 우리의 운명의 무대 그 벼랑의 끝
에서 우리는 각기 다른 궤적의 원을 그리지만 종국의 뛰
어내림 그 단 한 번의 죽음의 이야기만은 같아 누구도

대신할 수 없고 어떤 말이나 행동이나 몸짓도 초극에 다다를 수는 없는 것이다

결국 죽음은 존재의 모든 긍정에 대한 부정으로서의 침묵일 뿐이라는 것을 그는 알고 있었다

그는 오랫동안 다시 동굴 천장 깊은 어둠을 응시한 후 그가 즐겨 부르는 노래를 부르기 시작했다

님하 아손 님아
바람의 기인 날개를 타고
잎새 잉그는 실핏줄을 간질이어
물방울 방울이 실안개 아른히 우는
봄 꽃물이 오르리어

님하 아손 님아
웅벽의 내 널 가슴에 디디울 틈을 벌리리어
실연한 꽃대공 금가는 뼛향으로
피이는 듯이 부서지는 바람으로 가고
하이얀 나비도 날아오지
날아오지 않으리어

님하 아손 님아
천년을
천년을 살르리어
내 천년을 내처 오르며 살르리어
걸어서는 손 닿지 않는 하늘가에 꽃을 피우리어
내 죽음으로 꽃을
꽃을 꺾어 바치리어
님하 아손 님아
내 소슬히 날아올라 고샅 구름 지나는 골목에
징검돌 건너이듯 건너이는
큰 숨구멍을 틔우리어

님하 아손 님아
불 깊은 어둠 가슴 고삐를 잡으리어
살 꽂인 님하 아손 님아
가슴 고삐를, 고삐를 잡으리어
검은 치우덩에 노래기처럼 살아가리어
살아남으리어
님하 아손 님아

19

나는 내일 떠나네
唐軍이 賣蘇川城으로 오고 있다네

그는 다음날 해뜨기 전 홀로 떠났다
그는 산산조각 난 미래로 돌진했고 그의 수치와 치욕
의 병에 든 과거만이 살아남았고 그는 죽었다

20

미륵은 하생하였는가?
미륵은 하생하지 않았다
미륵의 하생은 언제인가?
아직 때가 아니니 기다려라
56억 7천만 년 후 살육의 찬란한 허구와 생존 전쟁의

일체의 우연 속에서 살아남는 자만이 미륵 하생의 지복
을 누리리라

21

나는 생각한다
그의 죽음을
조건지어진 존재의 죽음을
죽음의 병에 든 그와 나는 같은 인간이고
그는 절망하는 과거를 떠났고
나도 떠났다 병에 든 나의 과거
나의 미래로 떠났다

                                        나는
살고자 했고 왕이 되고자 했고 나는 반역을 꿈꾸었다
　나는 바로 지금이 그러할 때라 생각했다 신라 천년의
영화로움은 몰락의 길을 걸었고 지난 수세기의 평화는
지루와 권태를 가르쳤고 원융의 조화는 깨어지고 육체

의 관능의 깊이와 쾌락을 배웠고 사치를 과시했다

나의 가슴에는 뜨거운 불이 점화되어 타오르기 시작
했다
나는 나의 왕국을 건설하고자 했고 그 순간 나는 존재
하기 시작할 것이다

그들은 나아가는 방향과 생의 흔들림을 바로잡아주고
의지를 지탱시켜주는 무게중심의 상실로 진동하는 시간
위를 표류하며 심연을 떠돌았다
배는 미끄러져가나 배 그 자체는 앞으로도 뒤로도 움
직임이 없이 다만 시간이 가져다주는 몰락의 배경만이
뒤로 물러나고 앞으로 다가와 부엌 아궁이 검은 숯의 미
륵 정토의 환영 속에 하루하루를 죽음의 계속으로 두 눈
은 영원에 고정시킨 채 굳어 있었다

나는 나아가는 방향과 생의 흔들림을 바로잡아주고
의지를 실현시킬 나의 무게의 중심으로 나는 반역을 꿈
꾸었고 바로 지금 이 순간이 그러할 때라 생각했다

나의 욕망은 몸을 웅크리고 나의 의지의 힘은 뛰쳐나
갈 순간을 재고 있었을 것이다 나는 나의 욕망을 실현의
현실로 성취할 미래의 왕관으로 **나에게 존재의 이유를**
답해주었을 것이다

그들은 왕위의 쟁탈로 어리석은 자가 왕위를 계승케
했고 간지한 자의 충간의 말로 왕을 육림에 익사시켜 그
뼛조각을 서로 나누었고 사방 도적은 들끓어 백성은 땅
을 버리고 유민으로 떠돌았다

나의 폭력은 정당화되어야 할 것이고 **나는 존재했을**
것이다
　　나는 왕이 되고자 했고 나의 왕국을 건설하고자 했다
　　나의 의지는 필요한 죽음과 나의 선은 필요악 가운데
있었을 것이다
　　나는 나의 의지의 실현에서 발산하는 욕망의 그 유혹
의 향기로 무리를 모았고 그들을 앞세워 나의 욕망의 숨
김을 백제 부활로 가렸을 것이고 나는 나의 욕망의 실현
으로 수천 수만의 생명과 집을 빼앗고 불태웠을 것이고
나는 땅을 황폐화시켰을 것이다

떠도는 백성은 나의 힘을 반겨 정주했을 것이고 나는
왕이 되었을 것이다

나의 의지는 모든 백성을 위하여 파괴하고 건설했을
것이고 나의 힘은 복종과 상하의 질서를 나의 욕망은 절
제와 인내를 요구하였을 것이다

나의 군사는 강했을 것이고 신라 왕을 사로잡아 그 목
을 베었을 것이고 때를 기다려 내가 내세운 신라 왕을
대신하여 나는 신라 왕이 되었을 것이고 나는 평양의 누
에 활을 걸고 나의 말에게 浿江의 물을 마시게 하였을
것이고 바로 그 순간 **나는 존재했다**

22

그러나
백성은 나를 떠났고
나의 아들은 나의 시대의 끝을 요구하였다

나는 분노했을 것이고 나는 존재했다
(나는 누구를 위해 무엇을 위해 존재했는가?)

나의 아들은 나를 배반했다

나의 아들의 가슴과 심장에는 나의 피가 흐르고 불이 흐르고 아들의 욕망은 나의 욕망이었다 내가 나의 왕국을 건설하고자 반역을 꿈꾸었듯이 나의 아들 또한 아들의 왕국을 건설하고자 내게 반역의 뜻을 꿈꾸었다

(나는 무엇인가?)
나의 의지의 힘은 모든 것을 갖고자 하였으나 나의 실행의 힘은 움켜쥔 두 손을 빠져나가 움켜쥔 내 두 손은 텅 비고 나의 두 다리는 나의 몸은 나의 의지에 거슬려 흐르는 물결의 순간순간의 움직임에 따라 허깨비춤을 추며 떠내려간다

나는 나의 아들에게 쫓기었고 나는 나의 아들에게 복수하고자 했다 나의 왕국은 건설되자 파괴되었고 나의 욕망은 실현되지 않을 현실을, 현실의 환영으로서 나의 왕국은 건설되었고 나의 아들의 왕국 또한 그러하였다

나의 존재는 백성의 힘이었으나 나는 그들의 생명과 집을 빼앗고 불태웠으며 땅을 황폐화시켰다 그들의 죽음은 죽은 자 가운데 산 자로서의 삶이었고 그들의 삶은 결코 종결된 적이 없는 존재의 틀을 짜고 비추는 바탕

56

빛이었다

그 빛은 내가 서 있는 시대의 모퉁이를 지나 더 아래쪽으로 올라갔고 나는 시대의 모퉁이를 지나 더 위쪽으로 내려갔다

나는 시대의 심연인 욕망의 광기 속에서 나의 존재의 환영으로 허구의 광태를 연출했고 무대 위의 나의 왕궁이 파괴되는 것을 지켜보았다

(나의 존재는 어디에 있는가?)

23

나는
존재 囚人의 인식 표로서
불타는 욕망의 壽衣를 입고
고통의 현실로 유배되었다
나의 존재는 어디에 있는가?

理發인가?
氣發인가?

24

  궁 넝출은 얽히고설켜 천지 사방으로 꽃을 피우고 혈
향에 취한 근정 봉황의 둥지에 흰 두루미 앵무의 말을
틀고 서울 한양 인왕산 깊은 밤 밤 부엉이 모여 울고 새
벽 닭 울음이 아쉬워 어둠이 울고 여우와 늑대가 대나무
숲 지조 높은 말을 울고 나는나의아버지를아버지라부르
지못한다나의피는理인가氣인가나는하늘을알고땅을알고
그검고누른것을안다나는從父從母가무언지를알고나는나
의아버지를마땅히아버지라부르지못한다

  나는 무엇인가?
  理인가?
  氣인가?

                                             나는
  내가 일곱 살 나던 해 나를 불러앉힌 어머니의 말씀을
들었다 너는 아버지를 아버지라 부르지 못한다 대감 마
님으로 불러야 한다 너는 너의 형을 형이라 부르지 못한
다 서방님이라 불러야 한다 너는 대감 마님과 서방님과
같은 곳에 앉지 못하며 같은 곳에 서지 못하며 같은 곳

에서 먹지 못하며 같은 곳에 눕지 못한다 너는 너의 얼굴을 바로 해서 쳐다보아서도 안 되고 눈이 마주쳐서도 안 되고 그 그림자를 밟아서도 안 된다

(왜 그렇습니까 어머니?)

왜 그런지는 묻지 말아라
네가 조금 더 크면 그것을 알 것이고 이 어미 또한 어쩔 수 없었다는 것을 너는 알 것이다

나는 알고 있다 눈물을
어머니의 눈물을 종의 눈물을
앞섶 끌어안고 소리 죽여 우는 눈물에 갇힌
1547년 9월 양재역 벽서의 무고에 팔린 종의
백년의 눈물을

나의피는理인가氣인가?

25

나는이제알지못한다

行할 수 없는
所以然한 理의 以天視物의 心으로

　세상 모든 비롯하는 바른 이치는 하늘이며 하늘에 나
아가 생각하며 하늘에 나를 묻고 하늘의 소리에 귀기울
이며 하늘에 따라 말하고 하늘을 행동하며 하늘에 나를
세우며 하늘로 돌아감을 나는 배웠다

　그러나
　나는 行할 수 없고
　나는 이제 알지 못한다

行할 수 없는
所理然한 理의 以天視物의 心으로

　사람 짐승 다니는 돌 틈에 풀 뿌리 나무 씨 묻혀 절로
자라고 절로 옮겨다니고 사람 사이 둥지 튼 짐승 절로
새끼 치고 절로 자라고 사람과 사람 사이 절로 사랑하고
절로 나눔에 하늘은 보이지도 말하지도 않으며 각기 분

수대로 나누며 더하여주고 사방과 모든 끝과 처음은 하늘이 주는 것을 받고 하늘에 돌려줌을 그에 따름을 나는 배웠다

그러나
나는 行할 수 없고
나는 이제 알지 못한다

行할 수 없는
所以然한 理의 以天視物의 心으로

바른 이치의 하늘에 따라 글을 읽으며 사람의 소리를 들을 때나 풀 뿌리나 짐승의 소리를 들을 때나 세상 소리를 들을 때나 바른 이치의 하늘에 따라 들으며 세상 모든 곳에 세상 모든 일에 말없는 하늘에 따라 나도 말없이 따르며 보임이 없이 움직이는 하늘에 따라 나를 낮추며 가이없는 하늘의 마음으로 세계를 품어야 됨을 나는 배웠다

그러나

行할 수 없는 나는 理인가? 氣인가?
나는 나의 아버지를 마땅히 아버지라 부를 수 없으니
나의 아버지는 理인가? 氣인가?

26

나의 형은 떠났다
흐르는 피는 나와 같은 붉은 피나 내가 형이라 부를
수 없는 형을 배웅하고 돌아올 때 나는 보았다

1680 경신년 남인의 방자함에 이에 왕은 서인으로 정
국을 넘기고 서인은 삼복의 역모를 고변하여 남인이 죽
거나 유배를 떠나는 것을 보았고

나는 보았다
나의 형 또한 글 배운 스승의 연루에 따라 유배를 떠
나고 그들의 가족이 뿔뿔이 흩어져 종으로 노비로 팔리
는 것을 나는 보았고

나는 보았다
나의 어머니를

소리 죽여 우는 오열의 눈물을
종으로 팔린 백년의
그 세월을 넘쳐흐르는 눈물을 고통의
운명을 보았고
거짓의 역사를 보았고
나 또한 유형의 미래로 떠났고
과거를 떠났다

27

인간의 理氣는난마로얽혀들고풀어야할자의말은죽어
매듭을더욱조여산자의목을조이는사슬이되고감옥이되
고칼이되어눈이있어도바로보지못하고귀가있어도바로
듣지못하고입이있어도바로말하지못하니인간의理와氣
는허위를낳고허위는허구를낳고허구는날조를낳고날조
는사설을낳고사설은요설을낳고요설은구독과구취를낳
고구독은구사를낳으니구사는무오와갑자를낳고갑자는
기묘와을사를낳으니을사는벽서를낳고벽서는무고를낳
아피는피를부르고죽음은죽음을불러어제죽은자오늘다
시살고오늘다시산자내일거듭죽는다
　내일거듭죽은자오늘산자를거듭죽이니이승은理發인

가?氣發인가?

28

所以然한 理의
以天視物의 心으로
나는 알았으나
行할 수 없는 나는 이제 알지 못한다

나는 떠났다
오독과 자의의 글을 버리고
책상 위의 헛된 아우성을 버리고
거짓과 허구의 책을 덮어버리고
책을 불태워버리고
나는 떠났다

29

〔나는 존재하는가?

30

]

나는 내게 물었다
나는 어디에 서 있는가?

나는 어디에 설 것인가?
나는 하나를 선택해야 했다
선택은 언제나 있어왔고 언제나 둘 중의 어느 하나였
고 어느 하나의 선택을 세계와 시대는 강제하고 세계와
시대의 정면에 예각으로 몰아세우는 다른 선택이 없는

도취였고 전염된 광기였고 도발된 현재였고 어쩔 수 없
었다는 무력감의 자위와 알리바이와 미래의 폭발이었다

나는 하나를 선택했다

31

나는 살고 싶었다

그도 쏘았고 나도 쏘았다

그도 나와 같았을까?
그도 둘 중의 하나를 선택하기를 강요받았고 그 하나
를 선택하여 그 사상을 무기로 하여 나를 쏘았을까?
그는 끝까지 그 사상을 지켰을까? 만약, 만약에 말이
다 그는 단순하였다면 그는 그저 내가 빨갱이이니까 쏘
았다면? 아니 그는 빨갱이가 무언지도 모르고 그저 끌려
나왔고 살기 위해 나를 쏘았다면? 만약 그렇다면 아 아
나는 무슨 짓을 저질렀는가? 아니 나는 그가 사상을 무
기로 하여 쏘았다면 내 죄는 가벼워지는 것일까? 나는
그러기를 바라는 것일까? 내 죄가 가벼워지기를? 아니
면 그에게, 죽은 그에게 지금 내가 어쩔 수 없었다는 무

력감을 변명으로 해야 할까? 아니면 나의 사상은 퇴색했고 그 사상을 버렸노라고 하면 그는 나를 용서할까? 나도 살기 위하여 쏘았다고 하면? 그는 만족할까? 만약 그가 나를 용서한다면 나의 죄는, 내가 저지른 살인의 죄는? 누가 나를 용서할까? 그의 말에 의해서 그의 염려에 의해서 굶주린 나에게 나누어주는 그의 한 끼분의 주먹밥에 의해서? 아 아 누가 나의 죄를 용서할 수 있을까? 피 묻은 나의 손을 누가 씻어줄 수 있을까? 나의 살인을? 나의 살인에 의해서 죽어간 생명을 누가 되살려낼 수 있을까? 그들의 심판으로 나의 죄는 없어지는 것일까? 그들의 심판으로 그들의 용서로? 나의 죄는 지워지고 나는 다시 태어날 수 있을까? 나의 죽음은 나의 죄갚음이 될 수 있을까? 나의 죽음 뒤에 나의 죄 나의 살인은?

32

나는 무엇을 할 것인가?

나는 나에게 물었다 나는 무엇을 할 것인가?
나는 살고 싶었다

나는 살고 싶었고 나에게 물었다 나는 무엇을 할 것인
가? 나는 묻고 물었다 그러나 답해주는 것은 그 무엇도
그 누구도 없었고 나는 나에게 물었고 그 답을 스스로
찾아야만 한다는 것을 알고 있었고 또한 그 모순에 찬
선택이 나임을 알고 있었다

나는 찾았다 세계와 시대를 거슬러오르고 내리며 찾
았다 비추는 불빛도 길도 없었다 내 죽음으로 피운 불과
길은 이내 타올라 불어오는 약한 바람에도 꺼져버리고
무너져 나를 덮쳐 누르는 악몽의 바윗돌이 되고 나는 가
위눌려 잠에서 깨고 꿈에서 깨어 어둠에 길 잃고 넋 잃
고 배회했다
어쩌다 보이는 불빛과 길은 어둠의 거리가 너무 멀어
먼 만큼 내가 도착했을 때는 이미 불과 길은 꺼지고 묻
혀 그 근원은 모호한 안개였다
나는 찾았다 내게 가까운 불과 길은 뛰어넘을 수 없는
심연의 저쪽에 놓여 있었고 그 환한 불과 그 불에 드러
난 길은 왁자하여 떠들썩했고 숨막힐 듯 내뿜는 썩고 부
패하여 달콤히 취한 대기에 몇 세기에 걸쳐 잘 짜여진

관과 무덤이 놓여 있었고 관과 무덤에 맞추어 팔과 다리
를 머리를 잘라 관 뚜껑을 덮고 흙을 덮어 언제까지나
떠들썩함 가운데 부패 가운데 두어두는 것이었다

　나는 살고 싶었다

　나는 찾았다

　나는 무엇을 할 것인가? 답은 어디에도 없었고 백일
하에 드러난 대낮이었고 어둠이었다 나는 무엇을 할 것
인가? 이리저리 찾아온 길을 다시 더듬어내렸고 올랐고
다다른 막다른 길 끝에서 나는 죽음을 기다렸다

33

나는 기다렸다

　나는 다다른 길 끝에서 죽음을 기다렸고 구원을 기다
렸고 나는 다시 태어나기를 기다렸다

　그때 은밀의 말이 다가왔다 길 끝 벽 너머 금지된 풋

말 너머 불빛이 보였고 길이 보였다 나는 길 끝 너머 벽 너머 푯말을 넘었고 은밀의 말은 내게 다가왔다

나는 배회하는 유령을 믿었고 낫과 망치를 믿었고 은밀이 말하는 말의 힘을 실현의 현실로 받아들였다

나는 다시 태어났고 나는 살아 숨을 쉬었다

나는 배회하는 유령으로 살아 존재의 숨을 쉬었고 낫과 망치의 실현의 현재를 믿었다 나의 과거는 해체되고 분해되었고 나는 하나의 세포로 현재를 살아 숨을 쉬는 일순 정지한 하나의 점으로 태어났다 나는 배회하는 유령으로서 그들과 그들의 말이 가진 힘으로 실현의 현재를, 찰나의, 일순의 점들로 이어진 실현을 믿었고 나는 세포 분열을 거듭하여 조직을 구성하였고 나는 투쟁하였다

나는 투쟁하였고 나는 살아 있었다 그들은 막다른 길 끝 벽을 부수고 푯말을 뽑아버리고 나에게, 나의 손에 살인의 무기를 쥐어주었다

나는 믿었다 다시 태어난 나의 현재를, 나의 살아 있

음을 믿었고 배회하는 유령의, 낫과 망치의, 실현의 현
재를, 천년 왕국을 믿었고 나는 다시 한번 관과 무덤을
파헤쳤고 살인의 무기를 휘둘렀다

34

나는 세포로서 살아 있었다

찰나의, 일순 정지된 선의 일점으로서 현재를 배회하
는 유령으로서 낫과 망치의 살인의 즐거움에 의해 나는
살아 있음을, 순간적인 찰나에 가득 찬 현재를 부수고
파괴하는 살인의 건설을 믿었고 나는 아무 두려움 없이
낫과 망치를 휘둘렀다

나의 손은 피로 물들고 나의 얼굴에 튀기는 핏방울 방
울에 나는 하나하나 소리없이 무너져갔다 나는 내가 휘
두르는 낫과 망치가 나를 휘두르고 내리쳐 나는 무너져
사라지고 나는 낫과 망치가 되어 있음을 나는 보았다

나는 알았다

나는 낫과 망치였다는 것을 나는, 나의 현재는, 실현의 현재는 어디에도 어느 곳에서도 있은 적이 없었고 나는 낫과 망치로서 낫과 망치를 휘두르고 내리치는 망치의 궤적을 따라 말하고 생각하는 개임을 돼지임을, 낫과 망치는 내가 말하는 생각을 휘두르고 내리쳐 찌르는 나의 뇌 속에 가슴속에 박힌 미행의 침으로 나의 의식의 움직임에 고통과 죽음을 주는 무의식의 폭뢰임을, 나는 도살장 담벼락에 튀긴 핏방울, 핏방울을 감추는, 핏방울에 아롱진 빛, 토막난 살덩어리에 피어난 넝쿨의 장미, 늑대와 이리의 양의 삽화임을……………… 나는 알았고 나를 쏘았다

35

나는 쏘았고 그도 쏘았다

나는 나를 잃고 길을 잃고 저쪽과 이쪽 어디에도 속할 수 없었다 나는 떠돌았다

나는 나의 앞에 다시 나타난 두 길로 나누어진 곳에서 나는 나에게로 돌아갈 길을 잃어버렸고 나는 살고자 하는 본능에 이끌려 변하지도 움직이지도 않는 배경막 속을 걸었다

36

그와 나는 쓰러져 누웠다 나는 살고 싶었고 그도 살고 싶어했다 그는 고통과 아픔으로 땅을 긁고 기며 손 잡히는 모든 것에 고통과 아픔을 기댔으나 아무런 소용이 없었고 그의 손끝은 피로 물들고 상처는 더욱 벌어져 솟구치는 붉은 피 속에 자기 살을 잡아 찢으며 그는 죽어간다

나는 살고자, 스스로 끊고자 하는 발작을 억눌러 그에게, 나에게 쏘았고 나는 그가 고통에 아픔에 몸부림치며 괴로워하다 죽어가는 것을 보았고 나는 그에게로 기어갔다

나는 그에게로 기어갔고 마지막 숨을 몰아 쉬는 그는 나의 내민 손을 움켜쥐고 마지막 힘을 짜내 나에게 사진 한 장을 쥐어주었다
그의 피에 젖은 낡은 사진 속에는 낯선 그러나 나의 눈에 익은 잊을 수 없는 여인이 있었고 그와 나는 한 여

인을 사랑했고 한 여인의 아들이었다

　그 여인은 각기 달랐으나 얼굴 표정과 검게 파인 주름
하나하나가 같았고 나 또한 가슴속에 낡은 사진 하나를
가지고 있고 나는 죽어간다

　나의 죽음 뒤에 나의 손은 놓이고 바람은 그의 죽음을
전해줄 것이고 그 낡은 사진 속의 흑과 백은 죽음 앞에
일체 같은 색으로 서 있을 것이고 똑같은 사랑으로 울음
울 것이고 나의 죄는…… 나의 살인의 죄에 죽음은 나
의 죄의 무게를 달 것이다

37
나는 깨어났다

　나는 그때 발작의 순간에도 정상이었고 지금도 나는
정상이다
　날이 바뀌고 해가 지나도 세기가 지나도 익명의 달콤
함에 벌은 날아들어 꽃을 찾고 나비는 씨를 맺는다——
나는 세 시간 전에 풀려났다

나는 대뇌 세척자의 말에 절대 복종했다 나는 대뇌 세
척자의 논리에 따라 생각했고 대뇌 세척자의 여자를 같
이 공유했다

하나 곱하기 하나는 하나이듯이 나는 눈에 보이는 사
실만을 믿지 태양은 지구를 돌고 있다는 사실 신은 인간
을 진흙으로 만들었다는 사실 신은 지상을 떠났다는 사
실 그 후 인간은 본디 그대로 진흙 덩어리로 존재한다는
사실 지구는 둥글고 떨어지는 사과는 인간이 우주의 중
심이라는 등등의 사실을 믿지 신 따위는 내게 존재하지
않고 나의 영혼은 나의 육체이고 나의 심리 작용의 메커
니즘은 물리적 시뮬레이션으로 조건화되어 있지

그것이 나의 욕망의 추상성을 거세시켰지

사람은 세계 이면에 숨은 뜻을 어떤 의미를 찾아 거기
에서 어떤 존재 이유를 발견하려 하지만 눈에 보이는 세
계는 어떠한 이면을 숨기거나 어떠한 의미도 감추질 않
지 감추려 하는 것은 사람이고 들추려 하는 것도 사람이
지 세계는 너의 눈에 보이는 그대로이며 세계는 너에게
어떠한 말도 건네질 않지

너는 그 침묵이 두려운 것이고 불안으로 너는 어떠한

말이라도 건네려 하나 너의 말은 두려움에 가득 차 있고 세계는 너의 말에 어떠한 대답도 하지 않지 세계에 묻는 것도 너이고 닳고 닳아 너덜거리는 말로 손때 묻어 번질거리는 상투의 말로 대답하는 것도 너이지

너는 운이 좋아 먼지 나는 책을 뒤적이다 오랜 세월 변명의 도구로 이용해와 본디 그대로의 모습을 잃어버린 너를 발견하곤 기뻐하지 하지만 본디 모습을 잃어버린 너는 네 자신을 어디로 끌고 가는지 알 수 없어 너는 불안에 빠지고 너는 유사 이전의 자아로 뒷걸음질쳐 제자리를 맴돌며 너의 중심에 우상을 세워 너는 거기에 의지하려 하나 너의 우상은 너를 너의 바깥과 연결시켜주지를 않아 너는 모순에 찬 불안으로 너의 중심으로 더욱 파고드나 너의 중심은 양파 껍질과 같아 너에게 다가갈수록 텅 비거나 어둠뿐인 침묵의 공간만을 발견하지

거기서 너는 그 끝없는 공간의 침묵뿐인 어둠을 바라보고 절망에 빠진 너는 일체의 우연과 일체의 허구의 틀로 너의 존재를 난폭한 은유의 조작으로 잿빛 납덩어리로 너를 찍어내는 거야

나는 너의 치료를 위해서 너에게 몇 가지 실험을 하게

될 거야

이때 환자는 자신의 자아를 본능적으로 보호하려 하고 자아를 폐쇄시켜 접근이 불가능하게 만들곤 하지

하지만 너의 자아라는 것은 존재하지 않고 너의 자아라 하는 것은 너의 육체가 둘러싸고 있는 텅 빈 방울이고 너의 육체의 울림에, 육체의 물리적 반사에 공명할 뿐이지

그런 너의 공허한 자아에서 벗어나 너는 너의 육체를 객관화시켜야만 하지 따라서 너의 치료는 육체를 객관화시켜 물리적 시뮬레이션의 조건화로 너의 존재의 추상성을 거세시키는 것이지 너의 절망은 나의 뇌의 복제로 백 퍼센트 완치될 거야

38

시간은 일 초 일 초 마모되고 부서지고 깨진다 나는 앉자 나의 한계를 헤아린다 일 초⋯⋯⋯⋯⋯

일 초의 한계와 현재의 사실을 일 분의 현재와 한계를

대뇌 복제품 A는 문을 열고 A의 방으로 들어선다 A의 방은 서쪽으로 창문이 나 있고 작은 창을 꽉 차게 대형

광고판의 붉은 불빛이 A의 방을 정육점으로 보이게 만
든다 A는 TV를 켠다 A의 방이 조금 푸르게 밝아지고 이
제 A의 방은 어항 물 속 같다 어항 속 같은 A의 방 전경
이 조금씩 드러난다 창 밑으로 광고판 불빛과 TV 불빛
으로 붉게도 보이고 푸르게도 보이고 녹슨 철제 침대가
흐트러진 채 놓여 있고 역시 남쪽 구석에도 녹슨 철제
의자가 하나 놓여 있고 그 위 TV는 왼쪽으로 조금 기울
어져 놓여 있다 TV 위 벽에는 붉고 푸르게 보이는 얼룩
으로 곤충 껍질 같은 벽지에 고흐의 해바라기 모사화가
놓여 있고 그 옆으로 지난달 달력을 넘기지 않은 달력
속 푸른 바다가 비쳐 보이는 바위투성이 해변에 역시 속
살이 비쳐 보이는 검은 천으로 반 가린 여자가 바다 너
머로 같이 떠나자는 듯이 술병을 들고 대형 광고판 붉은
불빛과 TV 푸른 불빛 속에 서 있다 옷가지는 되는 대로
여기저기 바닥에 벽에 널려 있고 A의 TV는 광고중이다
A는 광고를 보자 갈증을 느낀다 A는 옷마다 주머니를
뒤진다 A는 잔돈을 끌어모은다 A는 돈을 헤아린다 A는
돈이 부족하다 A는 온 방안을 뒤집고 헤집는다 A의 갈
증은 더욱 타오른다 A는 타오르는 갈증으로 방바닥을
개처럼 기며 돈을 찾는다 A는 녹슨 철제 침대 밑에서 돈

을 찾는다 A는 만족하여 달력 속 반 가린 속살의 여자를
보고 헤벌쭉 웃는다 A는 문을 열고 나간다 A는 콜라를
병째 마시며 A의 방문을 열고 들어선다

 A는기차를탄다A는담배가게아가씨와사랑에빠진다A
는이혼을요구하고헤어진다A는뉴욕45번가를걷고있다A
는유치원에간다A는인간관계론을강의한다A는지나가는
여자허벅지를곁눈질한다A는한시간이십오분삼십칠초후
에런던공항에도착한다A는러브호텔에서여자를요구한다
A는대머리다A는운다A는화장실에앉아있다44번을부르
자A가대답한다A는노래한다A는춤을춘다A는수감번호
94126로교도소에서강간치상으로복역중이다A는경마장
에서5번마복권을산다A는남극을횡단한다A는신호등을기
다린다A는서류를집어들고던져버린다A는현상수배된다
A는 거울   속 A(를)의 (얼굴을) 본다

 A는 (A에게)
  의 이야기를 듣는다

 어쨌건 지금은 알 수 없지만 장차 그것은 나에게 유리

하게
　인간은 누구나 같지
　나는 너를 사랑해
　너무 웃어 배가 째질 것 같아
　너의 잘못은 한쪽으로 미래를 다른 한쪽으로 과거를
보려 한 데 있지
　흐 - 흐 - 흐——훗—하—하——푸하하하핫아아아-
아——
　30년 전으로 거슬러올라가
　허구의 사실과 현재를 그로테스크하게
　어이 오늘 어때
　지금 뭐라는 거야
　역사의 전과정은 우연한 사건을 통해 굴절의 과정을
　나는 갈 수 없어 열시 이전에는 시간을 낼 수 없거든
　익명의 고독한 군중을 K라 할 때
　잘 안 들려 좀더 크게
　루루루루루루——아베—마리-아——
　사는 일이 너무 쓸쓸~ㄲ-ㅇ —-윽 ~해~ ㄲ으윽
　개새끼들 그걸 말이라고 하는 거야
　사람은 누구나 자기를 드러내려

이봐 저기 저 여자 어때 삼삼하지
3차원적 공간은 하느님 맙소사!

39
시간은 일 초 일 초 무의미의 한계와 영원의 모순으로
흐르고 A는………

공원 벤치에 앉자 건너편 백화점을 바라본다
A가 앉아 있는 공원 벤치에 검정 개가 다가온다 검정
개는 여기저기 킁킁거리며 냄새를 찾는다 검정 개는 벤
치 모퉁이 북쪽 다리에서 검정 개의 냄새를 찾았다 검정
개는 오른쪽 다리를 들고 검정 개의 존재 표시로 오줌을
싼다

A는 검정 개를 바라보고 백화점 3층 의류부 정장 코
너에 서서 A에게 이야기하고 속삭이는 A를 본다

당신의 육체는 당신의 영혼을 감싸고 있습니다

당신의 육체는 당신의 영혼의 한계인 동시에 당신의
제 육감입니다 당신의 육체는 이제 당신을 콤플렉스 없
는 생활로 당신을 이끕니다

당신 육체의 비밀, 그 비밀의 문을 제가 열어드리겠습
니다

(A는 업무 연수 답안을 A에게 끊임없이 이야기하고
속삭이고 A는 A의 감정을 자극한다 A는 A의 이성을 마
비시키고 세뇌시킨다 A는 감정의 혼란에 빠지고 A는 소
용돌이치는 환상에 빠진다 A는 A의 구체적 욕망을 드러
내보이고 갖게 하고 욕망 앞으로 나서게 하고 충동한다
A는 존재의 기만으로 A를 해체하고 분해시켜 악마적으
로 지금 현재보다 더 나은 아름다움으로 A의 육체를 유
혹한다 A의 육체는 점점 도취되어 허공을 딛는다) 나는
나의 육체를 발견하였습니다 왼손의 약지손가락에서 팔
을 따라 팔꿈치 우묵한 곳을 거쳐 겨드랑이까지 계속되
는 눈에 보이지 않는 선을, 오른손 가운뎃손가락으로 천
천히 아주 천천히 따라가세요 이 선은 당신의 양다리에
도 어깨에도 당신의 가슴에도 척추에도 있습니다 이 선
들은 당신 감성의 선 당신의 사랑의 안내도입니다 (A는

A의 머리끝에서 발끝까지 A의 LOGO-s로 A의 욕망의
수치를 안다 A는 A에게 상품 A의 오르가슴, 욕망을 발
기한다) 원색의 육체로 둘러싸인 당신 영혼의 육체는 잘
이용되기 위해서 보살펴지고 사랑받기를 당신에게 요구
합니다 (A는 매시간 매분 토막토막으로 끊기고 거칠게
절단되어 자신을 연결시킬 수가 없다 A는 여기에 없는,
저기에 있을 자신을, 여기에 있지 저기에 없다는 그때
에 있지 않고 지금 이 순간에 있다는 사실을 발견하고 A
는 상실로 절망에 빠지고 거대한 현기증에 휩싸여 쓰러
진다) 바로 어제에는 사회적 성공의 상징이었던 당신의
뚱뚱한 배는 이제 면직과 해고의 동의어입니다 상사 처
애인 부하 아이들 또는 혹시나 하면서 카페 테라스에서
마주치는 초미니스커트의 아가씨, 이들 모두는 당신 옷
감 색깔 디자인으로 당신의 감각을, 당신의 지위와 위치
를 평가합니다 (A의 감정은 폐쇄될 것이고 주의 주장도
없는 매력 없는 상품으로 전락할 것이다 A는 폐품으로
버려질 것이고 폐기되어 A로 대체될 것이다) 당신은 당
신의 코를 바꾸고 싶어합니다 당신은 당신의 눈을, 색깔
을 바꾸고 싶어합니다 당신은 당신의 엉덩이를 바꾸고
싶어 합니다 당신은 당신의 입을 바꾸고 싶어합니다 당

신은 당신의 머리칼을 바꾸고 싶어합니다 당신은 당신의 피부를 바꾸고 싶어합니다 당신은 당신의 가슴을 바꾸고 싶어합니다 당신은 당신의 머리를 바꾸고 싶어합니다 당신의 욕망은 지금 현재의 당신을 바꾸고 싶어합니다 당신은 당신의 현재를 바꾸고 싶어합니다 (A는 자살할 수도 있을 것이다 A는 창에서 다리에서 뛰어내릴 수도 있을 것이고 달리는 차에 뛰어들 수도 있을 것이다 A는 목을 맬 수도 있을 것이고 한 시간 후 아니면 하루나 일주일 혹은 한 달 후에 A는 발견될 것이고 A는 신문의 한 귀퉁이에 실린 A의 기사를 읽고 이야기할 것이다

　　26일, 나는 기차를 타고 B시로 가는 중이었지 그런데 고속으로 달리는 기차에서 누군가 떨어졌다는 거야 그래서 기차는 급정거를 하고 나는 뛰어가봤지 정말 끔찍하더군 몸뚱어리는 산산조각으로 사방에 널려 있고 팔다리를 알아볼 수조차 없더군
　　그런데 다음날 신문에서 그 사건을 읽었지

A氏 자기 상실의 이유로 자살하다
ㄷ백화점에서 근무하던 A氏가 어제 어후 9218호 무궁화호 하행

열차에서 뛰어내려 죽었다 이 사고 조사반은 A氏 바지 주머니에서 쪽지를 발견하고 단정을 내렸다 쪽지에는 A氏의 피에 젖어 대부분 읽을 수 없었으나 몇몇 읽을 수 있는 글로 추정컨대 자살로 결론을 내렸다는 것이다 읽을 수 있는 글 가운데 나는 나를 잃어버렸고 나는 더 이상 살고 싶지 않다고 씌어 있었고 이로써 달리는 기차에서 뛰어내린 A氏는 불행한 생을 마감하였다 심심한 조의를 표한다

그래 나는 그 사람이 기차에서 뛰어내렸다고 생각했지 왜 뛰어내렸는지 그 심정은 잘 알겠더군 나도 때로 죽고 싶어하는 때가 있으니까

아니면 A는 어쩔 수 없는 상황에서 계속할 것이다)
바지의 접는 선 와이셔츠의 목덜미 넥타이의 기하학적 무늬 자신과 여유에 가득 차고 육체적으로도 정신적으로도 균형이 말하자면 어느 멋진 날의 배우 같은 당신은 현대 문명의 신화 속의 신……A 앞으로 30대 여자가 노란 털의 암캐를 가슴에 품고 지나간다 그녀의 뒤를 검정 털의 개 한 마리가 뒤쫓는다 그녀는 여성 속옷 전문 코너에서 빨간 잠옷을 고르고 입어보기 위하여 노란 털의 암캐를 내려놓고 커튼 뒤로 사라진다

바로 그 순간 일이 벌어진 것이다

검정 개의 털투성이 몸이 노란 털의 암캐를 덮쳐 누르고 비명은 터지고 지나가거나 물건에 파묻혀 있던 여자나 남자나 물건을 팽개치고 아이들은 소리치고 깔깔대고 바닥을 구르고 뒹굴고 물건을 집어던지고 깨트리고 놀람에 찬 신기에 찬 눈을 가득 뜨고 즐거움에 더러움에 끔찍함에 고개를 젓고 흔들고 끄덕이고 신음하고 A는 치미는 현기증으로, 현기증은 A를 덮쳐 누르고 쓰러트려 A는 바닥에 쭈그리고 앉자 헛구역질로 토해낼 때 노란 털의 암캐와 검정 털의 수캐의 목소리가 들려온다

안 돼 네가 나를 따라다녔다는 것을 네가 나의 냄새를 맡고 나도 너를 원하지만 이곳에서는 안 돼

이곳에서 왜 안 된다는 거지 너의 주인이 있어서 꺼져버리라고 해 너의 주인은 짐승인 우리에게 그것을 요구하지 너의 주인은 우리보다 더 짐승이고 네가 눈 똥이고 더 추악해

나는 너를 사랑해 나의 사랑은 나의 본능이고 나의 영혼이고 나는 너로 인해 존재하지

어디에서건 어느 때건 나는 너의 냄새를 맡았고 너를 찾아온 도시를 추적했지 그리고 마침내 너를 찾았고 나의 사랑으로 나는 행동해야 했고 너에게 나의 존재를 알게 해야 했고 너의 몸으로 느끼게 해야 했지

이제 너는 나의 존재를 나의 사랑의 실체를 잡을 수 있을 거야

A는 온몸이 부서져내리고 산산조각이 나고 흩어지는 형체 없는 원생의 덩어리로 바닥에 무너짐을 고통으로 알았다 A의 몸은 타오르는 불덩어리로 끓어올랐고 수많은 환영의 축으로 돌고 있는 원의 바퀴살에 갇혀 숨막히는 A는 계단을 뛰어올라 불타는 독 섞인 옷을 벗어던졌고 불덩어리로 끓어오르는 벌거벗은 몸뚱어리의 A는 옥상 난간으로 옥외 대형 광고탑으로 기어올라 춤을 추기 시작했다

나는 병원에서 깨어났다 나는 창살과 자물쇠에 갇히고 나는 시간을 잃어버리고 나를 잃어버리고 나의 대뇌를 깨끗이 세척당했고 세 시간 전 풀려났다

나는 백화점 앞 여기 벤치에 앉자 몽유의 틀에서 비쳐

오는, 들려오는 그들의 목소리를, 생각을 이해하기 시작
했다

　그 작은 검정 개는 내 앞에서 제 꼬리를 잡으려 빙글
빙글 돈다 나도 검정 개가 그리는 원을 따라 돈다 그 작
은 검정 개는 나와 함께 다시 한번 빙글 돈다 나는 그 작
은 원에 갇혀 있었고 눈에 보이는 것 또한 원에 갇혀 보
이는 그대로였다

어둠 속에
비극의 영웅은 죽었고 종은 울렸다
곧이어 불은 들어오고 한바탕 꿈은 끝이 났다
이제 텅 빈 극장 안에 나만이 남았다
모든 빈자리를 덮어 누르는
흰 벽 아래
흰 벽 위에
꿈은 끝이 났고
나의 영웅은 쓰러져 꿈꾸는 자의 무덤에 묻혔다
현실로 돌아가는 출입문은 사라져버렸고
무대 또한 어둠으로 사라져버렸다
나는 어둠에 밝게 빛나는 흰 벽을 떠돌며 기다린다
다시 문이 나타나 열리고
종이 울리고 더 깊은 어둠에
꿈꾸는 자의 영웅은 부활되고
전능과 전지의 빛의 이동으로
나는 타인의, 타인의 꿈을 움켜쥔 영웅으로
다시 태어나기를
다시 살아남기를

後記

　시는 나에게 하나의 모험이었고 그 끝간데까지 다가
갔을 때 다시 나를 찾아 되돌아나오는 그 끝이 없는 한
계를 넘어설 수 없다는 무력감에 휩싸인 나를 바라보는
절망이었다

　그 절망에서 도망하기 위해서 나를 바라보는, 나의 응
시 속에서 도망치기 위해서 나의 존재의 모험은 계속되
고 그 악순환의 되풀이 속에 그런 나에 대한 반발로 시
의 처음이 씌어지게 되었다

　즉 모험에서 나는 나에게 고전적인 물음 무엇을 어떻
게를 묻는다 그 물음의 하나로 나는 인간이라고 내게 답
했고 남는 물음 어떻게에 대한 방법론적인 물음에서—
나의 희망 나의 절망, 이미 모든 것은 말해졌다 빌어먹
을 당대라는 이름으로—96년 동인 모임에서의 주관과
객관에 대한 동인과의 토론에서 나의 답으로 색즉시공
공즉시색에서 그 색을 바라보는 것도 나이고 공을 바라
보는 것도 나이다

　이때 나는 E. H. 카의 대열 속에, 즉 한 무리의 대열이
걸어갈 때 그 대열 속에서 바라보는 대열 밖은 각기 다
르다는 상호 주관성이라는 대열에 있었고 나는 동인의

현문에 우답한 것이다 아마 그때 동인은 시라는 그 물 자체를 물음으로 삼았으나 나는 시 쓰는 주체에 답한 것이다

이에 따른 모임의 불화에 대한 실망감과 내게 남은 것은 상호 주관성이라는 나의 우답만이 남은 것이다

그 앙상한 상호 주관성, 세계에 대한 믿음의 상실과 그 상실된 세계에 나는 우연히 던져졌고 나는 즉자가 아닌 대자로서 하나의 상황에 조건지어졌을 때 나의 동일성은 부서지고 욕망으로 파편화되고 분해 조립된 찰나적인 한 점의 순간적인 실재로서 내가 변증법적인, 유기체적인 과정으로서의 합은, 나의 역사는?—결국 물음은 하나인 것이다—그 우연과 허구 속에서 시몬 드 보부아르의 포스카를 조셉 콘래드의 로드 짐을 요슈타인 가더의 크녹스를 병원 침상에서 사귀게 되었고 시의 윤곽을 그리게 되었다

95년 모임에서 동인 김성장형과의 토론에서 형의 물음에 나는 원론적인 답밖에 할 수 없었고 나 자신 또한 내 대답에 만족할 수 없었다 형의 물음은 왜 그들은 희생되어야 하는가? 왜 그들만이 희생당하는가의 물음에

나는 누군가는 희생당하는 것이 아닌가라는 원론적인 답에서 다시 한번 어떤 조건이나 굴레에 찬 인간 조건을 운명을 그 자각을 그 절망에 대한 병의 인식을 생각한 것이다

그 절망적 상황에서 절망하는 것조차 마비된 절망 어쩔 수 없었다는 체념에서 오는 한계에 대한 시의 바탕에 섰을 때 병원에서 르 클레지오의 아담을 그 우연의 지나침에 스쳐지난 허구의 사람들 그 그림자들을 만났다

시가 구체적으로 끝부분까지 씌어졌을 때 정확하게는 구분지은 것은 아니나 어떤 시기에 대한 빔을, 29에서 36까지가 마지막으로 씌어지게 되었다
그러니까 시의 처음 몇 연은 95년 9월과 10월 사이였고 그 후 처음 사고는 96년 1월, 두번째 사고는 96년 10월경이었다 시의 완성은 97년 7월이다

그리고 이전의 시 두 편 중 한 편만이 살게 되었다 그 한 편은 모르는 사이 자연스럽게 사라지게 되었고 그 한 편 또한 시작 과정에서 전체 구성 속에서 변하였다

호 동

마주선 살가죽을 두드리우는
찢기우리라, 찢으라 하는
산산이 무너져 흩날리는 날에
내 갈 곳 없어 구천을 맴돌다
내가 내 곁을 찾아가리라
그때, 너는 싸늘한 내 주검을 안고 통곡하리라

내가 딛고 선 대지 위에
너의 선혈을 뿌리고 네 육신의 무덤터에
내 가슴을 만들어 나는 너와 함께하리라
내 음지의 뜰 비추던 햇살로
부르는, 소리쳐 외치는 그림자로
너는 떠돌아라
그 밝음으로 나는 너를 따라
이 땅의 끝간데까지 너를 쫓으리라

네가 있고 내가 있음이어라

네가 죽어 나를 살리니
너는 내 속에 살아 내 살 적시는
숨 태우는 불씨로
내 온몸을 굽이쳐 흐른다

헌화가

내 몸에 돋치는 그대의 주름치마 나풀리는
바람의 기인 날개를 타고 걸르리어
버들 잎새 잉그는 분홍의 연푸른 실핏줄을 간질이어
물방울 방울이 실안개 아른히 우는
봄 꽃물이 오르리어

옹벽의 내 널 가슴에 곰삭는 여우살 한 발의
디디울 틈을 벌리리어
실연한 뿌리로 꽃대공 금가는 뺏향으로 떠돌리어
피이는 듯이 부서지는 바람으로 가고 하이얀 나비도
날아오지, 날아오지 않으리어

천년을,
천년을 살르리어
내 천년을 내처 오르며 살르리어
걸어서는 손 닿지 않는 하늘가에 피우리어
그리하여 내 죽음으로 꽃을 꺾어 바치리어

그대의 파란 가슴으로 내 소슬히 날아오르리어
그 아스라한 고샅구름 지나는 골목에
징검돌 건너이듯 건너이는 따스이 그늘 지스는
붕당치마 밑 큰 숨구멍을 틔우리어

불 깊은 어둠 가슴 고삐를 잡으리어
살꽃인 그대여
고삐를, 고삐를 잡으리어
검은 치우덩에 내 살르리어, 노래기처럼
살아가리어
살아남으리어

   시의 몇몇 부분에서는 주가 시 전체적으로는 텍스트
강탈에 대한 주가 필요하리라 거듭 생각된다

하지만 그 목록은 상당하고 그 범위 또한 어떻게 구분
짓느냐인데 그것은 시작 기간 밖에서 나에게 지속적으
로 영향을 끼친 만화와 교과서 민요나 영화, 드라마, 케
사르의 마지막 외침과 시작 기간 안과 밖에서 읽은 텍스
트의 범위 문제에 대해서 최소한의 선택으로 앞에 밝힌
것으로 하기로 했다

나의 시가 상투적이 아닌가 내 상상력의 빈곤에서 내
생각의 틀에서 상투적이 아닌가의 물음에 나의 반성으
로서 나는 그렇다라고 답해야 할 것이다
그것은 알렉산더 포프의 시 비평론 중 부분

시원한 서녘의 산들바람이라고 나오면
다음 줄에서는 그것이 나무들 사이에서 속삭인다
만약 수정의 시냇물이 즐거운 소리 내며 흐른다면
독자는 (어김없이) 잠든다로 위협받는다

를 거듭 읽는다
나는 뒤범벅인 채
다시 그들에게로 돌아가는 그런 나를 본다

이 모든 것이 거짓일는지도 모른다 자살자들——내 주위에——그들은 그들의 죽음에 대해서 말하지 않는다 산 자들의 무성한 소문의 떠벌림으로 그들의 죽음이 밝혀지고 그들의 죽음 또한 밝혀지지 않았다 그것이 산 자들의 사는 살아가는 하나의 이유가 아닌가 한다 나는 그 산 자들 속에 있고 그 산 자들의 만약이라는 가정에서 또 다른 누군가의 삶으로 바뀌어질 수 있으며 바뀌어질 수 있다

　　——시 전체적인 구성 그 짜임의 바탕에서 텍스트의 강탈은 열려져 있는 것이다——여기에서 나는 이 모든 것이 일체의 허구와 우연이라는 거짓이라는 웃음을 숨겨놓았다

몽유(夢遊), 존재와 허구 사이

김 양 헌

> 동일한 강물에, 우리는 발을 담그기도 하고
> 그렇지 않기도 하다.
> 우리는 존재하기도 하고 그렇지 않기도 하다.
> —— 헤라클레이토스

　야릇한, 벽이 가로막는다. 낯선, 벽. 그러나, 낯설게 하기에 흔히 수반되는 정서적 충격은 금방 뒤따르지 않는다. '나'라는 껍질을 빌려 몇 겹의 텍스트 안팎을 불투명하게 넘나드는 정체 불명의 페르소나가 쉽게 와 닿지 않는 때문이다. 첫 연의 몸짓은 그 벽이 단지 앞을 가로막는 단절의 딱딱한 표지에 그치는 것이 아니라, 접근하는 모든 존재를 튕겨낼 것 같은, 푸르불그죽죽하고 울퉁불퉁한 데다 때로 촉수를 뻗어 후려칠 것 같은, 독자에게 전혀 겸손하지 않은, 비평형의 끈끈한 점액질이 아닌가 의심하게 만든다. "일체의 허구와 일체의 우연의 그들 속의/나"(p. 11)와, 그 '나'를 보고 있는 '나'와, '그들'을 만든 '나'와, 그 '나'들을 쓰는/읽는 텍스트 밖의 '나,'들이 뒤얽혀 있으며, 그 '나'들 사이의 정서적/물리적 거리도 가늠하기 어렵다. 게다가 진한 활자의 한 문장 안에 세 개의 문장을 쑤셔넣어 콜라주한/액자식의(?) 불균형이라니. 어색하게, 의도적으로 중첩한 듯, 거듭되는 '~의'로 리듬을 막아버리는 일어식 구문까지. 야릇하고 낯선, 산문투의,

벽을, 나는 잠시 밀어둔다. 실험적인 작품이라면 당연히, 벽은 존재하게 마련. 그 벽을 냄새 맡고 맛보며 넘어설 때, 작품은 새롭게 구성되고 읽는 의미가 저절로 형성되어 내면으로 배어드는 것. 하지만, 배신호의 작품은 장시(長詩)라는 외적 형태부터 복잡다기한 디테일과 이질적인 언어들의 충돌에 이르기까지 그러한 가능성을 불투명하게 한다. 벽의 일부를 뜯어내어 현미경으로 들여다보고 성분을 분류하며, 명도와 채도를 재면서도 이것을 과연 시라는 이름 아래 읽어야 하는지 의심스러워진다. 우리 시사(詩史)에 장시가 없었던 것은 아니지만 역시 드문 것임에 틀림이 없고, 「국경의 밤」(김동환)이나 「금강」(신동엽)류의 서사시와는 물론 다를뿐더러 「바다와 나비」(김기림)나 「그 여자, 입구에서 가만히 뒤돌아보네」(김정란) 등과도 다르게,

일관된 정황의 선형적 진전과 언어 사용의 통일성 등을 감지하기 어려워서 이 벽의 무게와 부피가 좀처럼 드러날 것 같지 않다. 이질적인 사건들이 특별한 순서도 없이 나열되고, 특정한 사건에 대한 서술과 묘사, 해석과 비판 등

진술 방법도 불규칙하게 뒤얽히며, 직서적/비유적 언어들이 모여 거대한 알레고리를 형성하는 듯하기도 하고 어떤 부분들은 아주 소박하게 기존의 텍스트를 패러디하거나 주제를 노출해버리기도 한다. "시간이 가져다주는 몰락의 배경"(p. 53)에서 주제만 꺼내라면, 몇 마디로 족할지 모른다. 그러나, "존재 수인(囚人)의 인식표로서/불타는 욕망의 수의(壽衣)를 입고/고통의 현실로 유배되"(p. 57)어 "표류하는 실제와 현실의 토막들을 한데 묶어나가"(p. 14)는 페르소나의 격렬한 몸짓은 표면상 드러난 "허구의 광태"(p. 57) 이면에 보다 깊이 있는 미학적 탐구가 내재함을 느끼게 한다. 이 불투명한 벽을 거듭 밀고당기다 일거에 각(覺)하는 우연이 오기를 오래 기다렸지만 허사. 이제 어쩌랴, "일체의 허구와 일체의 우연"임이 명시된, "근원은 모호한 안개로"(p. 12) 뒤덮인, "존재 전체가 의미 없는 무의미 속으로 부서져나가는"(p. 14) 한 세계로, 나 또한 허구적 존재로서, 일체 우연의 세계에, 그야말로 우연히 개입하는 것처럼 들어설 수밖에. 그리하여, 온갖 허구와 일체 우연으로 무장 해제하고, 온갖 허구와 일체

우연에 맞선다. 우연, 알다시피, 우연은 실존적 개념이다. 우리는 이 세계에 던져졌고, 그들은 그 세계에 던져졌다. 헤라클레이토스가 발을 담근 시간의 강물에 내가 다시 발을 담글 수는 없다. 거대한 시공간의 굴레 안에서 그와 나는 존재하기도 하며 그렇지 않기도 하다. 내가 이 세계에 있고 그가 저 세계에 있(었)다는 사실에는 필연이 개입하지 않는다. 아무도 세계/조건을 선택할 수 없다. 우리는 다만 "조건지어진 존재"(p. 52)일 뿐이다. 사르트르의 표

현을 빌리자면, "존재는 본질에 앞선다." 우리는 '우연히' 특정한 한 세계에 던져졌고, 이 세계라는 실존적 상황이 우리의 본질을 규정한다. 나는 "여기에 있지 저기에 없다는 그때에 있지 않고 지금 이 순간에 있다는 사실"(p. 83)을 시인도 잘 알고 있다. 그럼에도, 존재의 불가해한

우연성을 거부하고 본질의 필연성을, "나의 존재 이유"를 찾아 "강박의 공포 찬 광기"(p. 14)에 매달리는 헛된 몸부림이 시집 전반에 깔린다. "온갖 허구와 일체의 우연을 뛰어넘"(p. 15)어, 실존을 넘어서서 즉자적 존재로 나아가고자 하는 욕망에 시달려보지 않은 사람이 얼마나 되겠는가. 허나, 그것은 현실적으로 불가능한 일. 우리 앞에 놓인 것은 오로지 실존뿐이라는 엄연한 사실을 잘 알기 때문에, 나도 당신도 솟아오르는 욕망을 달래고 추슬러서 가슴 깊이 묻어두는 것. 일상이라는 헛것은 그렇게 우리 앞에 놓여 있는 것. 가끔씩 일상적 존재의 비존재성/허무가 발원하는 것은, 가슴 깊이 눌러둔 욕망이 팅팅 부풀어올라 썩고 썩어 진동하는 시취(屍臭)가 머리통까지 꽉 채우고, 입코눈귀 할 것 없이 구멍이란 구멍은 가리지 않고 범람하는 때문일 터. 더구나 오늘날처럼 실존적 상황이 절망적일수록, 존재에 대한 의심은 깊어지고 허무의 범람은 잦아지게 마련. '나는 생각한다, 그럼에도 불구하고,

나는 존재하지 않는다.' 시인은 그것을 드러내려고 한다. 나의 비존재성/허구를 인식의 차원에서 내면화하지 않고 표면적으로 내세우는 것은 90년대 문학의 한 방법론. 시든 소설이든 근본적으로 허구에 바탕을 두고 있지만, 그 내용이 아무리 환상적/비현실적인 것이라도 실제처럼 표현함

으로써 진실에 이르는 길을 용이하게 보여주려는 것이 일종의 문학적 관습이었다. 그러나, 현실이 변하면서 그러한 문학적 관습에도 균열이 일어난다. 허구보다 더 기막힌 사건이 도처에서 불거져나오고, 그것이 미디어의 메커니즘을 통해 복제됨으로써 일상적 경험에서도 실제와 허구의 거리는 쉽게 무화되곤 한다. 이제 우리는 컴퓨터를 켜고 헛것과 대화하며, 나도 당신도 하나의 허상으로 인터넷의 바다를 표묘히 떠돈다. 새로운 세대에게는 이러한 사유가 낯설지 않은 것 같다. 송경아는 『책』에서, 우리가 살고 있는 이 현실조차 누군가가 쓰고 있는 소설이 아닐까, 우리는 누군가가 프로그램한 대로 움직이는 게 아닐까 의심한다. 오히려, "허구가 현실을 규정"(「유괴」)한다는 인식이다. 허구의 표면화는 이 시대의 방법적 전략이다. 그것은 브레히트의 소격(疏隔) 효과의 변종처럼 보인다. 독자가 텍스트에 몰입하도록 유도하는 것이 아니라, 자신과 텍스트를 한꺼번에 의심하고 부조리한 삶을 돌아보게 만드는 것이다. 첫 연의 낯섦은 내용만큼이나 이러한

형식적 특징에서 기인한다. '나'는 실제의 나이면서, **"일체의 허구와 일체의 우연의"** 나이기도 한 것. 실제와 허구의 거리는 무화된다. 사실과 환상은 구별되지 않는다. 장자의 나비는 다시 천년의 바다를 건너온다. 작품 속의 '나'가 허구이듯, 작품을 읽고 쓰는 '나' 또한 허구가 아니냐. 텍스트 밖이 실재라면, 텍스트 안도 실재가 아니냐. 페르소나는 실제와 허구, 하나의 허구와 다른 허구 사이를 거침없이 왕래한다. 이런 형식이 아주 드문 것은 아니다. 실제와 허구가 교차하고 중첩되는 강도는 다르지만, 80년

대에 이미 「길 안에서의 택시 잡기」(장정일)가 나왔고, 근자에는 「네 겹의 텍스트 안으로 들어가기」(김혜순)도 있다. 소설에서는 더욱 다양한 양태를 보여준다. 30년대에 김동인은 벌써 「광화사」와 「광염 소나타」의 모두(冒頭)에서 앞으로 전개될 이야기가 허구임을 분명히 밝힌다. 김수경의 『ㅈ유종』에는 주인공 '김명자/나'와, 작품 안에서 그가 쓰는 소설의 주인공 '김명자/나'가 여러 겹으로 꼬여서 어느 대목이 실제며 어느 부분이 소설 내 소설의 허구인지 구별하기 어렵고, 결국 실제와 허구가 동등한 무게로 소설적 현실을 구성하게 된다. 「벌거벗은 자의 생(生)을 위한 주머니 속의 시작(詩作) 메모」도 직접적으로

허구를 표방하며 허구의 세계를 보여준다. "나는 나의 과거를 구성하는 작업에 몰두했다"(p. 15)고 말할 때, 이 작품의 실질적인 육체를 이루는 '나의 과거'는 실제로 겪었던 추억이 아니라, 나에 의해 새롭게 구성된 하나의 '작업' 곧 허구인 셈이다. 다만, 소설의 인물들이 작품 내적 현실태로 움직이면서 스스로 허구임을 인식하는 것과 달리, 이 작품의 새로운 점은 작품 내적 현실이 두 겹으로 짜여 있어 "과거를 구성하는 작업에 몰두"하는 시공간의 현실/허구의 '나'가 완성된 '작업' 내부의 다른 허구/현실 속으로 직접 개입해 들어간다는 데 있다. 묘하게도 '나'라는 존재가 "나에 의해 만들어진 허구의 인물"인 것이다. '나'는 "일체의 허구와 일체의 우연의 그늘 속"에 있으면서, 동시에 그러한 '나'를 다시 바라보는 '나'이다. 그것이 단지 추억하는 '나'가 아니라면, 그 '보는 나'는 누구며, 구체적 행위를 수반하며 '보여지는 나'는 누군가? 이러한

형식적 틀이 실제와 허구의 거리를 무화하는, 다양한 역사
상의 인물들이 단지 "존재의 환영"(p. 57)일 뿐임을 보여
주는, 그리하여 나와 당신이라는 존재의 비존재성을 드러
내는, "존재의 모든 긍정에 대한 부정으로서"(p. 49) 제시
된 방법적 전략일까? 아니면, 실존적 차원에서는 "결코 실
현될 수 없었던 현실을/이루어질 수 없는 꿈으로 말"
(p. 15)하는 존재론적 고뇌일까?

　어쨌든 이 '나' 들은 다시 몇 겹의 시간으로 감싸여 있다.
서정의 순간은 대개 현재로 표현되지만, 반드시 그렇지만
도 않은 예외적인 경우를 무수히 만들어낸다. 이 작품은
특히 과거로 표현된 부분이 압도적으로 많다. 과거라면 아
무래도 이야기를 풀어내는 '서사' 양식의 전형적인 특성.
명백한 작품 외적 세계, 역사상의 사건이 개입하니 '교술
적' 성격도 섞여 있다. 언어로 표현되었다는 사실을 떠나
면, 그 구성은 영화의 몽타주 편집처럼 보인다. 이 작품은
「편협」—미국의 데이비드 워크 그리피스가 1916년에 제
작한 영화로, 고대 바빌론 시대부터 중세를 거쳐 현대 미
국의 노동 운동에 이르기까지 인간들이 서로 반목하고 싸
웠던 역사를 '편협'이라는 주제로 이어붙인 몽타주 기법
영화의 선구적 작품—처럼 '존재' 라는 하나의 주제를 향
해 시간을 가로지른다. 혹은, 시간이라는 수평적 움직임과
존재하기에 대해 끊임없이 번민하는 페르소나의 수직적 정
신의 깊이가 충돌하고 갈등한다는 점에서 에이젠슈타인식
몽타주라 해도 좋을 것이다. 하긴 탈장르를 논한 지가 언
젠데, 갈래가 무슨 문제랴. 서정과 서사 사이의 부유(浮游)
면 어떻고 그 경계면 어떤가. 어쨌든 그것이 시간의 문제

와 밀접한 연관이 있는 것만은 분명한 것 같으니 시간의 틈을 비집고 들어가보자. 첫 연의 '나'들의 문제가 둘째 연에서는

'나'와 '그들'의 것으로 바뀐다. '나'와 '그들'은 동질적 존재. 보는/듣는/생각하는/말하는 것이 같기 때문. 하지만, 통사 구조의 반복으로 강화되는 행위상의 동질성이, 물리적/심리적/시간적 거리감을 내포하는 대명사 '그들'에서 확산되는 이질성을 막아내지는 못한다. 동질의 존재라면, 왜, '우리'가 아닌가? 적어도, 좀 어색하기는 하겠지만, '이들'이라도 되어야 하지 않겠는가? 허나, '그들'은 당당하게 시행의 앞머리에 거듭 반복되며 이질성을 강화하고, 결과적으로 의미의 흐름을 차단하는 것처럼 보인다. 명백한 동질성과 자명한 이질성의 불협화음. 그러나, 그 불협화음은 그다지 큰 소리를 내지 않는다. 보고듣고생각하고말하는 동사의 경험적 동질성과 대명사 '그들'의 거리감이 표상하는 인식상의 이질성을 시간이 하나의 꼬치로 꿰어내기 때문에, 만나고 어긋나는 의미의 충돌이 오히려 새로운 의미를 만들어내는 까닭이다. 말하자면, 과거 시제 '〜았/었'은 이질성을 담고 있는 동질성의 껍질인 것. 그때는 '그들'과 함께였지만, 지금은 아닌 것이다. '〜았/었'은 과거의 객관적 사실을 나타내는 동시에 현재의 심리적 정황을 드러냄으로써, 첫 행의 '나'를

과거의 존재로 머물게 하지 않고 그때와 상치되는 현재의 '나'와 겹쳐놓는다. 이러한 성격의 과거 시제는 작품 전편에 걸쳐 나타난다. 「벌거벗은 자의 생을 위한 주머니 속의 시작 메모」로 들어가려면 타임 머신이라도 있어야 할

만큼, '나'는 개벽에서 미래까지, 일반적으로 알 만한 민족사/인류사의 여러 시간대를 헤집는다. 이 다양한 시간들의 몽타주는, 대체로 서정시의 과거가 심리적 현재로 되돌아오는 동일시나 서정적 자아가 당대로 올라가서 현재로 표현하는 감정 이입의 포즈를 취하는 것과 달리, '나'의 직접적인 개입에도 불구하고 모든 시간을 과거지사로 그치게 하는 특이성을 보여준다. 게다가 이 별종의 과거 시제는 정서적으로 과거와 상치되는 현재를 내포함으로써 당대와 당대 속의 나의 존재를 강하게 부정한다. 심지어

  나의 현재를 떠났다 (p. 20)
  나의 과거로 떠났다 (p. 36)
  나의 미래로 떠났다 (p. 37)

처럼, 과거 시제가 시간 관념을 공간화하면서 '과거→현재→미래'로 이어지는 시간의 방향성을 부정하고, 결과적으로 현재라는 시공간을 무의미하게 만들기도 한다. '～떠났다'고 말하는 현재 자체가, 작품을 쓰는/읽는 현재가 막막한 허공처럼 느껴지는 것이다.

  다른 차원에서 읽어야 할 시간도 있다. 이 작품에는 아홉 개의 모티프가 나오는데, 이것들은 계기적 인과성으로 연결될 수 없을 만큼 서로 멀리 떨어진 역사상의 시간대에 놓여 있다. 물론 이것은 방향과 순서를 지닌 역사적 시간과는 다르며, 분절성을 바탕으로 하는 균질적 시간도 아니다. 그것은 시인의 상상력이 투과된 비균질적/무방향성의 심리적 시간이다. '사회의 형성→동학 혁명→단군신화

→낙랑공주와 호동왕자→원술랑→견훤→사화와 이기론
→한국 전쟁→대뇌 복제'로 이어지는 기본 모티프들은 역
사적 입장에서 볼 때 임의적이고 우연한 나열일 뿐이다.
'동학'이라는 두번째 모티프가 물리적 시간을 거슬러 배치
되었다 해도 문제가 되지 않는다. '대뇌 복제'라는 미래에
나 있을 법한 일까지 과거로 표현되지만 역시 사소한 문제
다. 또한, 사유 재산이 형성되고 사회적 권력이 집중되면
서 모계 사회가 부계 사회로 이행하는 단계에서 파생된 여
성의 수난사가 첫째 모티프에서 넷째 모티프까지 내재되는
데, 그 과정에서 왜 도미의 처나 몽고난의 처녀들이 소재
로 선택되지 않았느냐고 묻는 것은 어리석은 짓이다. 우리
가 이 세계에 우연히 던져졌듯이, 작품 속의 '나'는 우연히
역사의 한 시점에 던져진 것. 모든 모티프들은 단지 "온갖
허구와 일체의 우연을 뛰어넘"어 '존재하기'라는 주제에
걸맞게 시인에 의해 의도적으로 선택되고 배열된 시공간적
배경, 작품의 육체일 따름이다.

각 모티프들이 연결되는 방식도 시간의 문제를 해결해
야 제대로 이해할 수 있다. 이 작품은, 소설적으로 말하면,
피카레스크식 구성에 가깝다. 『허클베리 핀의 모험』이 보
여주듯, 일반적으로 피카레스크식 구성은 동일성을 지속하
는 주인공이 인과성이 없는 다른 공간으로 이동하면서 형
성되는 구체적인 소주제들을 추상적인 하나의 대주제로 통
합하는 방식이다. 그러나, 강이라는 비현실적 경계 지역을
거쳐 몇 개의 이질적인 공간으로 이동하는 허클베리 핀과
달리, 「벌거벗은 자의 생을 위한 주머니 속의 시작 메모」의
"나"는 다른 성격의 인물로 끊임없이 변화하는 비동일성의

존재로서 "모호한 안개로 보호받으며" 비인과성의 시간대를 넘나드는 특이한 인물이다. '나'는 사건의 방관자로, 지배자로, 피해자로 모습을 바꾸면서 역사상의 여러 시간대에 존재하며 또한 존재하지 않는다. 전자에서 각각의 공간이 독자적이듯, 후자에서는 각각의 시간이 독자적이다. 물론 시간과 공간은 대개 겹쳐져 있지만, 일상적/경험적 시공간에서 각각의 공간은 인과성 없이 양립할 수 있지만, 시간은 선후와 방향이 있어서 어떤 형태로든 인과성을 내포하게 마련이다. 그러나, 시인은 그러한

시간의 인과성을 부숴버린다. '나'라는 페르소나가 다양한 인물의 탈을 바꿔 쓸 수 있는 토대가 여기서 마련된다. 시간성을 지니면서도 하나의 모티프는 다른 모티프와 상관없이 독자적으로 존재한다. 이것은 문학적/심리적 시간에서만 가능한 일이다. 한스 마이어호프를 빌리자면, "환상과 상상 속에서 시간적 요소들의 무시간적 공존"이 이루어지는 것. 좀더 쉽게 표현하면, 인과성을 넘어서는 시간의 다른 이름은 바로 '의식의 흐름'이다. 이것은 현대 문학이 시간을 다루는 가장 흔한 방법의 하나다. 그럼에도 불구하고 「벌거벗은 자의 생을 위한 주머니 속의 시작 메모」가 낯설게 보이는 것은 그것이 작품의 내용보다 형식 쪽에 더 깊이 간여하며 주제를 형성하기 때문이다. 실제로 각각의 모티프를 독립적으로 떼어놓고 볼 때 모티프의 육체를 이루는 페르소나의 행위와 감정은 심리적 시간이 아니라 실존적 시간의 지배를 받는다. 그리고 그것은 과거로 표현된다. 독자에게 낯선 인상을 주는 과거 시제로의 기록은 각각의 모티프마다 다른 성격으로 등장하는 페르소나의 존재

하기가 실패한다는 사실을 형식적으로 보여주는 장치며, 그 실패를 통하여 하나의 모티프에서 다른 모티프로 페르소나가 이동할 수 있는 작품 내적 필연성을 마련하는 방법이다. 그러므로 과거는 실패를 인식하는 현재라는 시간을 자연스럽게 내포하게 된다. 「벌거벗은 자의 생을 위한 주머니 속의 시작 메모」는 이렇게

이질적인 시간들이 만나고 충돌하는 무대다. 작품의 전체를 지배하는 것은 의식의 흐름이라는 심리적 시간으로, 표면적인 과거와 이면적인 현재가 중첩되는 모습을 보여주지만, 각각의 모티프를 지탱하는 것은 실존적 시간이다. 각 모티프들은 서로 다른 역사상의 시간을 지님으로써 다른 모티프에 종속되지 않고 독자적으로 병립한다. "나는 과거 없이 창조되었고/그들에 의해 나는 성년의 남자로 태어났다"(pp. 11~12)로 시작되는 셋째 연 역시 시간의 주춧돌 위에서 출발한다. 주어가 중복되는 비문(非文)에 대해서는 말하지 말자. 의식의 혼란과 존재의 고통을 대변하듯 여기저기 산재한 것이 비문 아닌 비문이니(하나만 예를 들면, "나는 드디어 의식의 표면에 떠오르는 데 성공했고 나는 표류하는 실제와 현실의 토막들을 한데 묶어나가기 시작했다"는 주어가 중복되는 명백한 비문이지만, 앞의 '나'와 뒤의 '나'를 다른 시공간의 인물로 읽으면 전혀 비문이 아닌 것이다), 차라리 첫 행에 마침표를 찍는 것이 나으리라. 그러면 이 구절은 두 개의 문장이 되고, 각각의 모티프에 등장하는 페르소나의 정체에 대한 일반적인 사실을 선명하게 드러낸다. "나는 과거 없이 창조되었다"는 문장에서 '과거 없이'는 '나'라는 페르소나가 시간적 인과성 없이 우연히

한 세계에 던져진 존재임을 말하며, '창조되었다'는 말은 그가 허구적 존재임을 표방하면서 모든 사건이 역사적으로 일어난 사실이 아니라 의식의 흐름 속에서 재구성되었음을 암시한다. 이 시행은 작품 전체를 지배하는 시간이 심리적 인 것임을 드러낸다. 하지만 다음 문장, "그들에 의해 나는 성년의 남자로 태어났다"에는 실존적 시간이 내재되어 있 다. 주어보다 선행하며 중요성이 부각되는 '그들에 의해' 는 둘째 연의 그들처럼 "나"와의 동질성을 나타낸다. '성 년의 남자'란 사회화가 완성된, 당대적 인물이라는 의미일 것이다. 그러나, 이 '성년의 남자'는

　　당대를, 당대 속의 '나'를, 끊임없이 회의하는 인물이 다. 당대를 껴안고 있으면서도, '그들'과는 달리 당대를 다 른 눈으로 보고자 한다. '그들'은 결코 회의하지 않는다. 아니, '그들'은 사회/세계와 동의어기 때문에("그들은 그 들 자신을 社會라고 불렀고," p. 17) 주어지는 조건이지 회 의하는 존재가 아니다. 그러므로, 세계는 하나의 굳건한 틀로서 존재하고 있고, 그것에 대한 해석/반응만이 "나"에 게 달려 있다. 이런 점에서 이 작품은 근본적으로 자아의 세계화를 수행하는 서정의 양식이라 할 수 있겠는데, 언어 를 다루는 방식에서는 서사적인 부분이 많아 양자가 서로 길항하는 것으로 보아야 할 것이다. 가부장적 질서의 확립 을 보여주는 첫번째 모티프의 첫째 대목, 시인이 1로 번호 를 붙인 부분은 시적 비유라기보다는 산문적 진술에 가깝 다. '나'는 객관적/방관자적 위치에 선다. 첫 행을 빼고 보 면 전지적 시점으로 기술되는 독립적인 부분이다. 초점은 그녀에게, 보다 직접적으로 그녀의 수난에 있다. 집단을

의미하는 '그들'에게 이름이 없는 것처럼 비특정의 존재인 '그녀' 역시 이름이 없다. 이름이 없다는 것은 존재 의미가 없다는 것. 페르소나의 해설처럼 보이는 2에서 그녀의 이러한 비존재성에 대한 고통스러운 의문이 제기된다. 그러나, '그녀'나 '나'나 실존적 상황을 넘어서 존재하는 것은 불가능하다. "사회 전체 질서는 지켜져야 할 것이고 법칙은 파괴되어서는 안 될 것"(p. 18)이기 때문이다. 이 점에 있어서는, 신/종교도 예외가 아님을 시인은 경전의 어투로 패러디한다.

두 개의 번호가 붙여진 첫번째 모티프는 모든 모티프의 기본적인 구조를 보여준다. 다른 것들은 좀더 복잡하게 변이하지만, 페르소나의 '당대적 행위→비존재성의 인식/좌절→다른 모티프로 이행'이라는 기본 구조에는 변함이 없다. 각 모티프를 관류하는 또 하나의 공통점은 세계를 바라보는/해석하는 시각의 전복성이다. 페르소나는 언제나 당대적 통념을 뒤집을 뿐 아니라, 당대에 대한 오늘날의 교과서적 인식도 뒤바꿔놓는다. "사악한 시대의 벽"(p. 33)과 싸워온 동학의 역사적 긍정성을 평가하는 데 머물지 않고, 개인의 존재성에 밀착하여 "죽음의 존재에 대한 살아있음을 지탱할 현재를 잃어버린 영원의 고통의 의식"(p. 36)으로 바라보는 두번째 모티프의 동학에 대한 부정적 시각이 대표적인 것. 일반적으로 민족 정신의 출발이라 생각하는 단군신화를 "하늘의 규칙과 질서"(p. 36)라는 또 하나의 벽으로 바라본 세번째 모티프, 낙랑공주와 호동왕자를 사랑이 아니라 시대의 희생물로 본 네번째 모티프, 원술랑을 "조건지어진 존재의 죽음"(p. 52)으로 인식한 다섯번째 모티프, 견훤을 "시대의 심연인 욕망의 광기"(p. 57)로 읽은 여섯번째 모티프, 계급과 권력과 철학을 뒤얽어놓은 일곱번째 모티프, 이데올로기의 환상과 절망을 그린 여덟번째 모티프, 정신까지 복제되는 미래 사회의 허상을 보여주는 아홉번째 모티프까지, 기존 세계/작품을 패러디하는 데 따른 상투성도 부분적으로 노출되고 있으나 다른 각도로 보고 새롭게 해석하려는 강한 열정이 배어 있다.

이러한 현실 인식의 새로움은 물론 시인의 세계관과 관련된 것이지만, 1인칭 페르소나 '나'가 당대에 직접 개입하는 형식상의 특성에 크게 힘입고 있는 것 같다. 실존적 상황이란 '그들'이라는 복수형이 암시하듯 개인의 희생을 암암리에 강요하는 피할 수 없는 인간 존재의 조건이다. 이러한 "시대의 벽"에 "단독자로서 맞서"(p. 48)며 자유로이 시간을 넘나드는 '나'라는 도구가 없었다면, 시대와 세계를 읽어내는 새로운 길은 찾기 어려웠을 것이다. 이질적인 실존의 조건들을 하나로 꿰어내는 작업도 불가능했으리라. 사건의 시공간적 통일성을 버리자 주제의 통일성을 찾아낼 수 있는 새로운 방법적 전략이 마련된 것. 당당하게 허구임을 드러내자, 사실성에 가려 있던 색다른 진실이 얼굴을 내민 것. 그러나, 그래서 어쨌단 말인가? '나'/나는 존재하는가? 앞에서도 말했지만,

존재하기는 지속적으로 실패한다. 존재에 대해서만큼은, "답은 어디에도 없"(p. 69)다. 그러면 이 작품은/시인은 궁극적으로 무엇을 보여주려 한 것일까? 우리가 단순하게 허구가 아니라면, '존재하려는 존재'만이, 혹은 '존재하려는 순간'만 존재한다는 말일까? 도처에 나타나는 존

재에 대한 끈질긴 열정을 보면 그런 것 같기도 한데, 작품은 분명한 답을 남기지 않는다. 작품 전반을 지배하는 비극적 정서가 열쇠일 수도 있다. 그렇다면 시인은, 우리가 세계 내적 존재인 한 존재하기란 불가능하다는 실존적 인간의 본질적인 비극성을, 다양한 역사적/실존적 상황을 통하여 보여준 것인지도 모르겠다. '허구로 존재하기'라는 존재의 비존재성은 벌써 정보화 시대의 문학적 화두로서 자리를 넓혀가고 있는 추세다. 머잖아 '나는 존재한다, 그러나 여전히, 나는 허구다'는 명제가 장안의 지가를 올릴지도 모르겠다. 배신호의 주제는 기본적으로 그러한 흐름에 속해 있는 듯 보인다. 하지만, 시인에게 중요한 것은 주제적 측면이 아닌 것 같다. 그에게 중요한 것은 말하는 방식이다. 시인은 에필로그 첫 부분을 이렇게 쓴다.

어둠 속에
비극의 영웅은 죽었고 종은 울렸다
곧이어 불은 들어오고 한바탕 꿈은 끝이 났다
이제 텅 빈 극장 안에 나만이 남았다 (p. 89)

지금까지 나는 "한바탕 꿈"으로 "나"가 되어 존재를 찾아 시간을 오르내렸던 것. 꿈이 끝나고 이제 나는 현실로 돌아온 것이다. 그렇다면 당연히 작품의 앞부분, 1이 시작되기 전까지 프롤로그의 진술 시간도 현재일 것이다. 그 현재라는 것이 1990년대인지, 미래의 어느 시점인지 분명치 않은 부정형이긴 하지만, 어쨌든 현재 진술이 아홉 개의 모티프를 감싼 액자형 구성을 이루는 것은 분명하다.

그런데 이 액자라는 것이 뭔가 불안한 느낌을 준다. 서술 분량상으로도 불균형을 이루지만, 도입 액자에 해당되는 앞부분이 액자 내부 이야기의 성립 과정이나 존립 근거를 말하고 있기 때문이다. 이러한 형식은 오히려 액자소설보다 몽유록계 작품이 보여주는 일반적인 특성이다. 액자형은 액자와 내부 이야기가 서로 영향을 주고받지 않는 별개의 것으로 존재하지만, 몽유록은 작품 내적 현재와 비현실적/초현실적 몽유가 연결되어 있고, 몽유는 몽유 이후의 현실을 변화시켜버린다. 이런 점에서 몽유록은 액자보다 현실을 더 강하게 부정하는 형식인데, "현실로 돌아가는 출입문은 사라져버렸고/무대 또한 어둠으로 사라져버렸다"(p. 89)는 현존하는 모든 것에 대한 강한 부정은 이 작품이

  몽유록의 영향권 안에 있음을 말해준다. 구도자 성진이 세속의 소유로 추락했다가 득도자 성진으로 변모하는 『구운몽』이 이러한 작품의 전형인데, 김시습의 단편들이나 조신설화가 이러한 계보의 앞자리를 차지하고 있다. 성진은 현실적 삶/욕망의 모습인 양소유의 자리를 하룻밤의 꿈으로 허구화하고 부정한다. 김시습의 인물들은 용궁이나 지옥을 갔다 오고 나서는 현실에서의 삶의 의지를 완전히 잃어버린다. 어느 한쪽을 부정하고 다른 한쪽은 긍정하는 이 작품들과는 달리, 배신호의 작품은 양쪽 다 부정적이라는 점에서 차이가 있지만 실제적인 인간 세상을 부정하기 위한 전략적 틀이라는 점에서는 다르지 않다. 현실과 몽유의 주인공이 동일인이라는 점에서도 배신호의 작품은 몽유록계와 비슷하다. 액자 구성처럼 사건이 달라지면서 등장인

물도 달라지는 것이 아니라, 동일인이 몽유를 거치면서 성격의 변화를 일으키는 것이다. 시인은 존재와 시간으로의 몽유라는 형식 자체로 인간의 비존재성이라는 주제를 드러내려 한 것 아닐까. 몽유를 통하여 몽유 밖인 현실적 존재까지 부정하고 허구화하려는 것.

사족으로 몇 마디만 더 하자. 나는 이 작품이 몽유록계 형식으로 짜여졌다고 해서 시인이 전통적인 형식에서 필요한 것을 임의로 차용했다고 생각하지는 않는다. 이 작품을 자세히 들여다보면 각 모티프마다 시인은 나름대로 다양한 형식적 변화를 시도하고 있다. 아홉 개의 모티프가 모두 다른 방식으로 기술될 뿐 아니라 디테일의 처리도 비슷하게 반복되는 법이 없다. 예를 들면, 일곱번째 모티프가 조선 시대의 실존적 상황을 보여주기 위해 계급 문제와 권력 투쟁을 이기 철학의 언어로 풍자함으로써 당대가 안고 있는 거의 전방향의 문제를 한곳에 얽어놓고 있는 데 비해, 여덟번째 모티프는 이데올로기 전쟁이라는 극단적 집단주의에 매몰된 한 개인의 생존 문제를 서술 순차의 복잡한 배열, 즉 미묘하게 전개되는 시간의 역전과 심리 묘사를 통하여 효과적으로 드러낸다. 그만큼 형식에 대한 탐구가 치열하다는 말인데, 이런 과정에서 작품 전체를 둘러싸는 틀은 우연하게 몽유록적 형태를 띠게 되고 작품의 실질적인 육체를 이루는 몽유의 각 모티프는 피카레스크식으로 연결되지 않았을까. 앞에서 존재의 허구성에 대해 장황하게 말했지만, 몽유록은 허구를 말하는 데 가장 적합한 양식이다. 그런 까닭에 우연히 형식적 유사성이 생겨난 것이라고 생각된다(교통과 통신이 어려웠던 옛날에는 시상이나 표현이 우연하게 일치하는 경우가 종종 있었는데, 그런 경우를 특별히 암합〔暗合〕 또는 우합〔偶合〕이라고 하였다).

어쨌든 시인의 형식에 대한 탐구는 존재에 대한 열정보다도 치열한 것 같다. 문장에 대한 불만이 없지는 않다. 사건이 많이 등장하다 보니 자연 산문투의 진술이 다소 많아진 것 같다. 의식의 혼돈과 절망적인 내면 정황을 드러내려는 의도겠지만, 지나치게 장황하거나 모호한 어법의 문장들은 시적 매력을 잃게 만들기도 하였다. 그러나 그러한 것은 어쩔 수 없는 실험의 부산물이라고 생각된다. 물론 실험이라고 해서 거칠어도 좋다는 것은 아니지만, 짤막한 서정시와는 다른 대작이다 보니 용납해야 할 측면도 많을 수밖에 없지 않겠느냐는 말이다. 작품을 몇 차례 읽고도 이 작품에 꼭 알맞는 독법을 찾지 못한 것이 아쉽다. 내 안목이 짧은 것도 원인이지만, 시인이 워낙 다양한 디테일을 배치하였고 몇 겹의 틀을 중첩해놓아서 애초부터 단일한 목소리로 간단히 말할 수 있는 작품이 아니었던 것 같다. 결국, 어쩔 수 없이 이런저런 낡아빠진 지식들을 동원하여 전체적인 기본틀이라도 유추하려고 노력했으나, 야릇하고 낯선 이 "몽유의 틀"(p. 87)이 엉뚱하게 변질되지 않았나 걱정스럽다. ▨